8년 전 박인성 소설가의 문학상을 제정할 때 스마트폰에 실려 읽힐 수 있는 소설을 생각하였다. 짧고 깊은 이야기가 단숨에 읽히기를 바라서 새로운 장르 문학 스마트소설의 깃발을 들었다.
새로움은 저항하고 좌절한다. 그러나 새로움은 쓰러져도 아주 쓰러지지 않는 힘으로 다시 일어나고야 만다. 스마트소설이 우리에게 와서 물었다. '시대의 손바닥을 뒤집어 보겠는가?' 답 대신 딸꾹질이 나왔

스

뜻밖에 세상에 와서 살게 되어 뜻 재파리를 아오? 썩는 냄새가 나는 곳이라면 어김없이 나타나는 '파리' _ **양진채** 장미가 다 졌다 _ **김엄지** 돈이 되지 않는 글을 쓰지 않는다, 라는 마음가짐으로 _ **김상혁** 생각이. 생각이. 생각이. 없어진다. 또 다시. 아이가 물구나무를 선다. 나는 아무 생각이 없다 _ **윤해서** 나는 줄곧 물로 시를 쓰고 소설을 써 왔다 _ **곽정효** 나는 가끔 에메랄드를 찾던 그분에게 미안해진다 _ **안영실** 단숨에 읽는 이야기 스마트소설 속에 깊은 우물과 넓은 우주가 담겨 있다 _ **문서정** 그 기억이 다시 먼 곳을 보게 하고, 먼 길을 가게 할 것이다 _ **강이나** 참다못해 전화를 걸었다. 받지 않았다 _ **김수영** 여선은 아들의 유골을 한 스푼 가지고 왔다. 올랜도에 뿌릴 작정이었다 _ **서장원** 그러나 이제는 그러지 말아야 할 이유를 찾지 못한다 _ **송경혁** 가만히 있는 건 속도가 될 수 없는지? 나는 다만 하나의 속도이고 싶다 _ **신종원** 살아 있기에 가능한 모든 선한 것에 경의를 _ **오은숙** 그래서 진실이란 단어가 생겨나지 않았을까? _ **이경미** 되도록 오래 쓰는 사람이 되고 싶습니다 _ **이소정** 내 생애의 가장 떨리는 순간이기도 하다. 수평선 너머의 세상이 몹시도 궁금하다 _ **이은향** 글로 먹고 삽니다. 머리가 자꾸 빠집니다. 그래도 _ **정무늬** 언제나 마침표 뒤의 말 _ **현해원** 작가 후기에 "저기 누군가 내 손을 잡아주었으면"이라고 썼지만, 지금은 접촉 금지의 마스크 세상 _ **고은주** 글을 쓰는 것은 나를 돌아보는 일, 너를 사랑하는 일이다 _ **김경** 세상에서 내가 할 수 있는 전부는 쓰고 또 쓰는 것이다 _ **김성달** 영정사진이 타들어 가는 동안 검은 드레스를 입은 여자가 하얀 국화를 머리에 얹고 골반을 돌리며 훌라를 췄다. 목탁 소리에 맞춰 _ **김주욱** 문학은 한 그루 나무를 심는 일과 같다. 나는 튼실한 나무 한 그루를 심어 가꾸고 싶다 _ **김호운** 사람과 사람 사이에서 푸르게 빛나는 내 쓸쓸함이여, 너는 쓸쓸함을 지운다 _ **박인** 개구리는 거미를 잡아먹으며 밤을 새웠다 _ **원교** 문학만큼 '원가 경쟁력'이 뛰어난 예술 장르는 없다 _ **정광모** 언제부터 내가 이 바닷가 절벽 중턱 동굴 안에 갇혀있는 것일까? 기억이 나질 않는다 _ **정승재** 개굴개굴~ 아, 또 저 놈의 소리! 마스크도 안 쓰고 지랄이야. 저것은 울음소리가 아니다 _ **최성배** 가슴에 얌 소리가 가득 찬다. 허전했던 가슴에 사랑이 넘치도록 얌 소리를 채운다. 두근두근 가슴에서 따뜻한 소리가 들린다 _ **허택**

30인 작가 스마트소설 창간에 붙여

스마트소설 박인성문학상

스마트소설박인성문학상은
소설가 박인성의 작가세계를 기리는
계간 『문학나무』와
박인성기념사업회가
이 시대의 뛰어난
스마트소설에게 주는 상이다
박인성기념사업회가 제정하고
『문학나무』가 주관한다

스마트소설 문학지

치열한 작가정신을 갈구하는
스마트소설 전문지
스마트폰으로 읽는
첨단의 소설성,
분량이 짧고
소통의 속도가 빠르고
당대의 현실에 민감한
작가의 작품을
초대하는 문학지

1회 스마트소설박인성문학상 수상작가
주수자 스마트소설집

빗소리 몽환도

『빗소리 몽환도』 공연, 문학이 연극과 만나다

이와 같은 소설이 있게 되는 현실의 변화가 놀랍고 고마울 뿐이다.

— 윤후명 소설가

꿈과 현실의 경계를 지우는 방식의 독특한 글쓰기의 작가 주수자, 그녀가 번개처럼 벌려놓은 새로운 장르적 변화의 틈 안에 많은 독자들이 스스로 끼어들어가길.

— 금은돌 「해설」에서

문학나무 TEL 02)302-1250 값 11,000원

신중선 인물스마트소설

문학으로 덕질하다

국내

김명순
이병헌
마광수
박진영
오윤
나혜석
이상
주지훈
이상봉

국외

데이비드 보위
욘 아이비데 린드크비스트
샤를 보들레르
알렉산더 맥퀸
에이미 와인하우스
장 미셸 바스키아
파트리크 쥐스킨트
재니스 조플린

값 15,000원 TEL 02)302-1250 문학나무

허택의 소설에는 삶의 적나라한 모습이 담겨 있다. 숨김없는 필치로 그려진 현실 앞에서 우리들의 누추한 형태는 백일하에 까발겨진다. …… 그리하여 우리 모두에게 다시 되돌아오는 괴로운 질문은 이것이다. 죽음은 무엇인가. 또한 삶은 무엇인가.

_ **윤후명** 소설가

의사인 그가 몸에 천착하는 것은 필연이다. 그러므로 이 소설은 오랫동안 몸속에서 녹여낸 필연의 산물이다. 소설 속 오로지 몸이 보내는 다양한 신호에 복무하는 인물들은 원시림을 헤치고 나가는 돌도끼를 든 사내를 떠올리게 한다.

_ **양진채** 소설가

몸의 소리들 허택 소설

허택의 두 번째 소설집 『몸의 소리들』은 젊은 정신이 내연하고 있는 어른의 세계를 보여준다. 젊은 정신과 어른의 눈을 함께 갖추었으니 계속해서 앞으로 나아갈 수 있을 것이다.

_ **정호웅** 문학비평가

버틴다는 것. 자학적인 인내가 필요했다. 한 작품, 한 작품 초심으로 돌아가서 겨우 만들어 나갔다. 육체와 정신의 합체를 생리학적으로 소설 속에 형상화하면서…….

_ 「작가의 말」에서

도서출판 **강** TEL 02)325-9566 값 13,000원

눈물은 어떻게 존재하는가

문서정 소설

나는 이 소설집이 누군가에게 문학이자 생존 기술서로 읽히는 상상을 하게 된다.

— 최선영 문학평론가 「작품 해설」에서

값 14,000원 TEL 02)325-9566 도서출판 강

평화고등학교

곽정효 소설

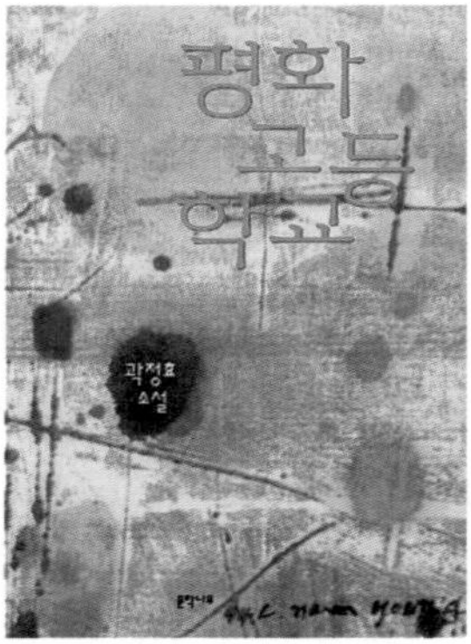

토끼풀꽃을 든 학생과 선생이
춤을 추며 노래하며
토끼를 찬미는 이야기가 슬프고도 아름답다.
평화를 상징하는 토끼들이
하늘에서 내려와
평화고등학교 운동장을 가득 메운다.
평화 토끼풀꽃 백만 송이,
평화 토끼풀꽃 백만 송이!
학생 선생 토끼들이 부르는
평화의 노래를 들려주는 소설.
한반도 평화를 위한
학생과 선생이 함께 읽는 문학,
토끼와 풀꽃 이야기
'평화고등학교' !!!
— 황충상 소설가

박인 소설

말이라 불린 남자

소설가 박인은
사람의 발을 바라보는 사람이다
사람의 발에서 우주의 별자리를 헤아리는 사람이다
이야기를 읽는 순간
장례식장이 되어버린 소설의 폐허에서
돌연 서사의 질서와 관능의 감각을 불러 세우는
그의 집념은
저물녘에 문득 깨어난
어린 왕자 같다
— 류근 시인

값 15,000원 TEL 02)302-1250 문학나무

[차례]

스마트소설 smartstory

2020신춘문예 당선작가 스마트소설

박인성문학상

스마트소설 문학나무 발표작가

주수자

양진채

김엄지

김상혁

스마트 소설 박인성문학상 수상작가

smartstory

윤해서

곽정효

안영실

문서정

빗소리 몽환도
주수자
달로 간 자전거
문학동네시인선 086 김상혁 시집 다만 이야기가 남았네
화요앵담
눈물은 어떻게 존재하는가

1회 스마트소설박인성문학상 수상작가

주수자

2001년 『한국소설』로 등단. 23년 동안 미국, 프랑스, 스위스에서 살다가 영구 귀국. 소설집 『버펄로 폭설』 『붉은 의자』 『안개동산』 『빗소리몽환도』, 시집 『나비의 등에 업혀』 등이 있다. 1회 스마트소설박인성문학상을 수상. 2017년 희곡 「빗소리몽환도」, 2018년 희곡 「복제인간 1001」 연극으로 공연되었다.

길거나 짧거나 연극이 끝날 때

주수자

차가운 밤공기를 마시며 말없이 걸어가는 두 남자는 서로의 얼굴을 쳐다보지 않았다. 그들은 대학로 근방에 오픈 천막카페를 찾아가는 중이었다. 앞선 남자는 주연을 맡았던 K, 그의 뒤를 따라가는 남자는 엑스트라 K(일명 조두)였다. 이상하게도 연극에선 조두에겐 한 마디 대사도 주어지지 않았다. 무대에서 일어나는 모든 것을 그저 말없이 지켜보는 역할이었다.
"젠장! 연출도 너무 했어. 공연 내내 무대에서 일어나는 일을 멀거니 바라보고만 있자니 얼마나 지루했겠어? 어휴, 그 지겨운 짓도 이젠 끝났지만……"
K는 말하면서 슬쩍 조두를 곁눈질했다. 그를 위로하려고 말을 꺼냈건만 웬일인지 조두는 무대에서처럼 어떤 대꾸도 하지 않았다. 그의 침묵은 외려 불안감을 가중시켰다.
"그렇게 삐치지 말라구! 배역이었을 뿐인데……"
그가 생각해 봐도 이번 연극은 힘들고 피곤하고 짜증나고 고단한 시간의 연속이었다. 게다가 공연마다 쑥덕대는 소리들이 객석에서 들려왔다. 뭐가 이래? 누가 누굴 사랑한 건지 알다가도 모르겠네, 또 저 치는 뭐야? 왜 주인공만 따라다니는 거지? 유령인가? 등등……. 하지만 탓을 하자면 배우 때문이라기보다 극본 자체에 문제가 있었다.
"연극엔 해독할 수 없는 장치가 있긴 해. 그렇다 쳐도 누군가가 매번 존재감 좇나게 없는 미비한 역이나 맡는다면 얼마나 불공평해? 자네가 이해되네."

조두는 여전히 대꾸가 없었다. K는 약간 기분이 상했다.

"날 비웃고 있는 건 아니지?"

"아, 아니……"

조두는 잠깐 숨을 멈추듯 말하다가 다시 공백을 두었다.

"그그, 그게……"

"뭘 그리 주저하는 거야. 목구멍이 붙어버린 사람처럼?"

K가 그렇게 말하자 조두는 정말 목구멍에 말이 걸린 사람처럼 두 손을 목으로 가져갔다.

K는 못본 체 하며 앞서서 골목길 쪽으로 접근해 들어갔다. 조두도 말없이 따라갔다. 그들이 한 걸음 한 걸음 옮겨놓을 때마다 왠지 골목길이 좁아지는 것만 같았다. K는 속으로 길을 잘못 들어왔나, 생각했다. 옆에서 걷고 있던 조두가 입을 열었다.

"그러니까…… 자넨 너무하더군……"

"뭐가?"

"그게 그러니까……"

K는 짜증이 나서 얼른 말머리를 자르며 조두를 타일렀다.

"인생이란 공평하지 않아. 누구는 실력이 있어도 평생 엑스트라로 끝나고, 누구는 이유도 없이 각광을 받을 수도 있지. 본시부터 공평한 게임이 아닌데, 슬퍼하거나 주눅이 들어 있을 필요가 뭐 있겠어? 안 그래?"

조두는 입을 다물고 아무 대꾸도 하지 않았다. K도 더 이상은 조두를 동정하고 싶지 않았다. 무엇보다도 그는 갈증으로 목이 말랐다.

그들은 골목길에서 좀 더 트인 대로로 걸어 나왔다. 그 순간 조두가 처음으로 완전한 문장으로 말했다.
"자넨 너무했어. 한 번도 내게 눈길을 보낸 적이 없었으니……"
"뭐? 그건 또 무슨 말이야? 남자들끼리?"
K가 발끈 화를 냈다. 그가 고개를 돌렸을 때 조두는 뒤로 물러나 K의 등 뒤로 가버렸는지 보이지 않았다. 이 자식이 곤란할 때면 침묵하거나 숨어버리는 비겁한 놈이 아닐까, K는 그가 의심스러웠다.
"이거 봐, 조두! 난 호모가 아니야!"
조두는 불에라도 덴 듯 깜짝 놀라며 억울하다는 듯이 말했다.
"나도 아니야! 아니고말고! 하지만 자네 시선은 공연 내내 줄곧 그 여자에게만 쏠려 있었어. 원래 연출은 자네를 바라보는 나를 의식하라고 했는데……. 왜냐면…… 나는 자네의……"
그때 오토바이 한 대가 기관총 쏘는 소리를 내며 그들 앞을 스쳐갔다. K는 귀가 멍멍해졌다. 따발총 소리는 K 귀속의 달팽이관을 한참동안 흔들었다. 그들은 시끄러운 곳을 피하려고 모퉁이를 돌아 다른 길로 들어섰다. 대학로엔 작은 갈래길들이 많았다. 길은 어둡지만 조용했다. 그는 길의 어두운 분위가 맘에 들었다. 조두가 K의 어깨 근처에서 속삭이듯 말했다.
"자네 사랑은 착각이야……"
"아니, 또 무슨 뚱딴지같은 소리야?"
K가 반박하자 조두는 얼굴을 씰룩거렸다. 하지만 말을 더 하려고 애를 쓰는 눈치였다.
"자네가 인정하긴 싫겠지만…… 사랑……, 그건…… 욕망의 변신이지……"
"흥, 넌 호모라서 뭘 모르는 군. 인생엔 그것밖에 없어. 사랑과 죽음 외엔 뭐가 남겠어? 있으면 큰 소리로 말해보라구!"

K는 송곳처럼 밤하늘을 찌르듯이 소리쳤다. 이번에도 조두는 얼른 비켜나더니 K의 등 뒤로 가버렸다. 조두 이 자식이 정말 누군가에 빌붙어 사는 놈이 아냐? 라는 생각이 문득 머리를 스쳐갔다. 그러고 보니 조두는 숨소리는 물론 발자국 소리도 제대로 내지 않고 걷고 있었다. 대체 날 줄곧 따라다니는 이 자식이 누구지, 하고 생각하려는데 어느새 다시 조두가 K 곁으로 와서는 변명하듯 말했다.

"그러니까…… 내 말은……, 자넨 그녀의 연기에 반한 거야……. 연극이 끝나버리고 나면 그녀는 빈껍데기 인형 같지 않아……? 현실은 나, 나, 나라고…… 자네가 진정 사랑해야 할 상대……"

"제발 그 변태 좀 집어치워!"

K가 더는 못 참겠다는 듯이 고개를 절레절레 저으며 소리를 질렀다. K의 강렬한 반응에 조두는 말문이 막혀버린 듯이 두 손을 목으로 가져갔다. 그리고는 혼잣말로 조용히 중얼거렸다.

"쯧쯧, 내가 누군지 그렇게도 몰라? 나는 너의……"

그러나 길거리 소음 때문에 K는 조두의 말을 듣지 못했다.

두 남자는 더 이상 말도 얼굴도 쳐다보지 않고 땅만 보면서 걷기 시작했다. 골목과 골목 사이를 한 시간은 족히 걷고 있었지만 그들이 찾고 있는 천막 카페는 눈에 뜨이지 않았다. K는 갈증이 심해 목이 타올랐다. 게다가 어지럽기까지 했다. 같은 골목을 빙글빙글 돌며 미로에서 헤매는 기분이 들어서였다. K는 피곤해진 얼굴을 문질렀다.

"이상하군? 길을 잘못 들어왔나? 너도 거기 기억나잖아?"

조두가 고개를 가볍게 끄덕였지만 대답하진 않았다.

그들은 갈래길을 빠져나와 다시 사거리가 있는 혜화동 큰 길가로 되돌아왔다. 신호등 건너편으로 유리창이 훤히 트인 모던해 보이는 커피점이 보였다. 흰 벽으로 둘러싸인 실내엔 흰 테이블과 플라스틱 의자들이 덩그마니 놓여 있고 텅 빈 휴게소처럼 비어 있었다. 근처에 서 있는 나무와 가로등 불빛만이 유리창에다 그림자들을 흔들어대고 있었다.
"어이, 조두! 차라리 저기서 목을 축이면 어떨까?"
이번에도 조두는 대답 대신 고개를 끄덕였다.
그들이 투명 유리창으로 둘러싸인 모던 카페로 들어가려는 순간이었다. 도로 건너편에 있는 버스 정거장 버스 한 대가 지나갔다. 그런데, 너무도 우연히도, 버스의 푸르스름한 형광 불빛 아래, 그녀가 앉아 있는 것이 눈에 들어왔다. 두 남자가 동시에 눈을 비볐다.
"어, 어, 저기 그 여자 아냐?"
"그런 거 같은데……?"
조두가 맞장구를 쳤다. 잠깐만! 크게 외치며 K는 길 건너로 뛰어갔다. 발정난 수사슴처럼 함부로 무단행보하는 K에게 누군가가 자동차크락숀을 눌러댔다. 그럼에도 K는 아랑곳하지 않고 부르릉 떠난 버스를 따라 미친 듯이 뛰어갔다. 바람이 그의 머리카락을 허공에 날리게 했고 조금 아까와는 전혀 다른 분위기를 창조해주었다. 그는 날아가듯 뛰어가, 버스를 멈추고는, 그녀의 어깨에 손을 얹을 수 있었다.
그러나 아니었다! 헤어스타일과 뒷모습이 닮아 보였을 뿐이었다. 기대만큼 실망시키는 것은 없었다. 그의 얼굴이 금방 반쪽으로 쪼그라들었다. 조두는 그림자처럼 어둠에 서 있다가 힘없이 터벅터벅 걸어오는 K를 말없이 바라보았다.

그들은 다시 오픈 천막카페를 찾아 걷기 시작했다. 걸어가는 두 사람의 그림자가 가로등 불빛아래서 희미하고 납작해지다가 다시 늘어나 한 겹으로 겹쳐지고 있었다. 때로는 스쳐가는 자동차 불빛에 의해 한 사람의 그림자가 여러 개로 나누어지기도 했다. 그들은 도보 위에 펼쳐지는 그림자들을 앞세우고 말없이 한참을 걸어갔다. 하지만 아무리 골목을 헤맸어도 천막카페를 찾을 수 없었다.

"노상 다니던 곳인데, 이상하군. 분명 이 근처였는데?"

K는 두리번거리며 처음으로 주변을 둘러보았다.

거리에서는 밤이 깊어가고 있었다. 완전히 암흑이라고 할 수는 없지만 뭔가에 둘러싸인 듯 했고, 눈에 들어오는 것들이 하나도 없었다. 주위는 왠지 멀고 낯설고 기이하게 보였다.

문득 K는 옆에 있는 조두를 확인하려고 고개를 돌렸다. 조두의 얼굴도 깊은 밤처럼 암흑에 덮여 있었다. K가 목 언저리를 더듬더듬 만지며 말했다.

"연출이 그러는데, 끝에 가선 누구나 회한할 수밖에 없대. 잘 살아도 후회, 못 살아도 후회. 짧거나 길거나, 악당이나 주인공이나 다 실패하고 돌아가는 거래. 근데, 도무지 여기가 어딘지 모르겠군?"

K는 무엇에 귀를 기울이듯 갑작스레 말을 멈추었다. 조두가 스쳐가는 바람처럼 들릴락말락하게 뭔가를 속삭였기 때문이었다.

"뭐? 뭐라고? 네가 누구라고?"

그가 얼른 고개를 돌렸으나 조두는 어디론가 증발해버린 듯 그에게선 더 이상 아무런 소리도 들려오지 않았다. 어이, 조두! 하고 큰소리로 부르며 찾아봐도 그는 보이지 않았다. 쳇,

치사하게 말도 없이 가버리다니, 투덜대다가 자신이 혼자 남겨진 것에 대해 화가 났다.
그는 조두를 욕하면서도 한 번 더 그의 이름을 불러보았다. 그러나 주변은 고요할 뿐이었다. 짜식, 결국 잘난 체 하더니만 의리는커녕 진짜 존재감이라고는 하나도 없는 유령 같은 놈 아냐? 그는 토하듯이 혼잣말로 투덜대며 도보의 가장자리에다 침을 뱉었다.

뜻밖에 세상에 와서 살게 되어 뜻밖에 스마트소설 작가가 되었다. 그리고 뜻밖에도 스마트소설 비평을 이따금 아우르고 있지만 그건 눈밖은 후배들이 깃발을 높이 들고 우르르 등장할 때까지 일 것이고, 지금 나는 길모퉁이에서 그때를 기다리고 있다.

K는 멀거니 홀로 서서 자신이 서 있는 도보를 다시 내려다보았다. 이따금 지나가는 자동차 헤드라이트 불빛으로 자신의 그림자가 늘어나다가 다시 작아지고, 때로는 한 사람처럼 또는 여러 사람처럼 땅 위에 그려지다가 불빛이 없어지면 어둠 속으로 사라져버렸다. 그럼에도 도보 가장자리에 우뚝이 서 있는 푸르스름한 가로등 불빛 아래, 잠시 고정된 그림자는 지치고 혼란스럽고 고단해 보였다.

사진 설명 I 실체를 없고 그림자와 같은 자아 _ 16p I 오백 년 된 나무와 나 _ 17p I 사막의 모래알과 같은 자아 _ 24p I 바위와 나 _ 25p

2회 스마트소설박인성문학상 수상작가

양진채

짜짜파리를 아오? 썩는 냄새가 나는 곳이라면 어김없이 나타나는 '파리'. 그러나 파리가 짜짜파리라는 이름을 달고 당신 몸에 침을 꽂는 순간, 당신은 영원히 잠에서 헤어 나올 수가 없소. 사는 건 파리와 짜짜 사이를 아슬아슬하게 줄타기하는 것 같지 않소? 나는 짜짜파리를 아오 — 독자에게

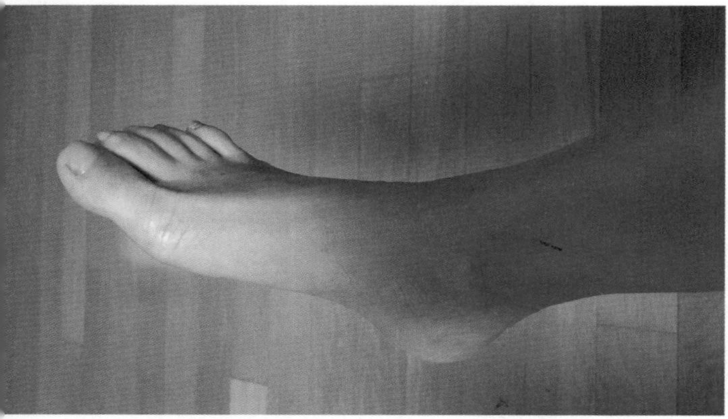

2008년 『조선일보』 신춘문예에 단편소설 「나스카 라인」 당선으로 등단. 2회 스마트소설박인성문학상 수상. 소설집 『푸른 유리심장』 『검은 설탕의 시간』, 장편소설 『변사 기담』, 스마트소설집 『달로 간 자전거』가 있다. e-mail : hanajaya@hanmail.net

폭력

양진채

그는 어떤 소리에 발걸음을 멈췄다. 멀지 않은 곳에서 들려오는 소리였다. 작고 가냘팠고, 그악스러운 소리였다. 해가 이울기 시작했지만 한여름이라 그런지 더웠다. 이름을 알 수 없는 꽃과 풀이 제멋대로 자란 화단과 무질서하게 주차된 차들만이 햇빛을 고스란히 받고 있는 곳이었다. 나이가 들면서 근육이 빠져나가기 시작했고, 조금만 걸어도 숨이 찼다. 무엇보다 다리가 튼튼해야 오래 산다고들 했다. 걷는 게 좋지만 급하게 걷다가 자칫 넘어지지 않도록 해야 했다. 나이 들면 조심해야 될 게 점점 늘었다. 그는 일부러 한 시간쯤 걸어볼 요량으로 길을 나섰고, 천천히 걸으려고 노력했다.

그는 그 울음소리를 듣기 전까지 한 아이에 대해 생각하고 있었다. 출근길 버스에서 만나던 아이였다. 한 달 전부터 조그만 건물의 경비 겸 시설 관리를 맡게 된 그는, 매번 같은 시간에 버스에 올랐다. 대여섯 살쯤 보이는 아이는 아침마다 세 정거장 뒤에서 탔다. 버스는 15분 간격이었고, 매번 비슷한 시간에 버스를 타니 눈에 익은 사람들이 있었다. 아이도 그 중 한 사람이었다. 아이는 아빠 손을 잡고 탔고 같이 내렸다.

아이가 눈에 들어오고 난 뒤부터는 오늘도 아이가 탔는지, 어디쯤 앉았는지 찾게 되었다. 이른 시간이었고, 버스 안 사람들은 아침부터 졸거나 무표정한 얼굴로 휴대전화에 얼굴을 박고 있었다. 아이는 아니었다. 아이는 늘 맑고 명랑해보였다. 그는 언젠가 아이가 그의 옆자리에 앉자 가방에 넣고 다니던 사탕을 건네기도 했다. 아이가 사탕을 받기 위해 여리고 고운 손을 내밀었을 때 그는 늙어 주름진 자신의 손이 까닭 없이 부끄러웠다. 사탕을 받아든 아이는 슬쩍 아빠를 보는 듯하더니 신이 나서 발을 앞뒤로 흔들었다. 아이가 옆에 앉은 경우는 그때뿐이었다. 그는 그래도 또 만날 때를 대비해 가방에 초콜릿을 넣고 다녔다. 군것질거리를 줘도 되는지 아이 아빠 눈치가 보였지만 개의치 않는 것 같아 다행이라고 생각했다.

그는 자신도 모르게 아이를 기다렸다. 아이가 버스 정류장에서 있나 보려고 오른쪽 창가에 앉았고, 버스에서 내린 아이가 아빠 손을 잡고 가는 뒷모습을 보며 미소를 지었다. 회사 안에 탁아 시설이 있는 모양이었다. 그러던 아이가 안 보였다. 물론 아이 아빠도 보이지 않았다. 직장을 옮긴 것인지, 아니면 중고차라도 마련한 것인지, 비정규직이라 기간이 끝난 것인지 여러 생각이 오갔지만 물어볼 사람이 없었다. 아이 이름도 알지 못했다. 그런 날이 더해질수록 아이가 보이기를 간절히 바랐고, 알 수 없는 이유로 무기력해졌다. 이유를 찾으려고 노력했지만 소용없었다. 작은 아이는 그야말로 새처럼 날아갔다.

아이가 보이지 않자 노란 양말 위 종아리쯤에 보이던 푸른 멍이 떠올랐다. 반팔 셔츠를 입은 아이 아빠 팔뚝에 새겨진 문신도 떠올랐다. 자꾸 엉뚱한 쪽으로 상상력이 부풀었다. 최근 며칠 동안 그로서는 짐작도 할 수 없는 흉흉한 뉴스가 나왔다. 설마 그럴 리가 없겠지, 문신이 뭐라고, 놀다보면 여기저기 부딪히고 멍드는 것도 흔한 일이었다. 그는 고개를 흔들었고, 기다렸다는 듯이 그 울음소리를 들었다.

소리를 쫓아간 곳에 새끼고양이 한 마리가 울고 있었다. 아직 눈도 뜨지 못한 고양이였다. 근처에 고양이가 많은지 화단 한 쪽에 사료가 놓여 있었지만 눈도 뜨지 못한 새끼고양이가 먹을 수는 없었다. 사료 때문인지 파리가 날아다녔고, 새끼고양이는 울음을 그치지 않은 채 앞다리로 얼굴 주변을 훑어 파리를 쫓고 있었다. 그는 쉬 자리를 뜰 수 없었다. 삼색고양이라고 불리는 흔하디흔한 고양이 새끼였다. 주변에 어미나 다른 새끼가 없는지 살펴보았지만 보이지 않았다.

그는 사실 새끼고양이를 보는 순간, 마음이 복잡하게 흔들렸다. 지난겨울, 차도에서 치일 뻔한 고양이가 외마디 날카로운 소리를 지르며 순식간에 가게로 뛰어 들어왔다. 미처 무슨 일이 일어났는지 알 수 없었지만 두려움에 떠는 고양이의 가쁜 숨소리는 가게 안을 울릴 만큼 컸다. 갑자기 들어온 고양이는 다시 나가지 않았다. 모습을 잘 드러내지도 않았다. 짐승을 키워본 적은 없지만 마음이 약해 들어온 고양이를 내칠 수 없었다. 그는 어쩔 수 없이 모래와 사료를 샀고 구석 깊이 넣어주었다. 녀석은 한 달 가까이 되자 차츰 모습을 드러내기 시작했는데, 그가 가까이 다가가려고 조금만 움직여도 여지없이 도망갔다. 긴 대에 끈을 매달아 흔들면 유혹에 못 이겨 슬금슬금 나타나 앞발로 끈을 잡으려 했지만 작은 움직임에도 놀라 후다닥 숨어들었다. 아침에 출근해서 가게 문을 열 때마다 밤사이 고여 있던 지독한 고양이 분뇨 냄새가 달려들었지만 잔뜩 겁을 먹었던 고양이가 점차 경계를 푸는 것이 좋았다.

나이를 먹으면서 부고를 받는 일이 많아졌지만 자신이 부고를 띄우게 될 줄은 몰랐다. 그가 퇴근하고 집에 들어갔을 때, 아내는 이미 쓰러진지 꽤 되었다. 그는 겨울이 어떻게 가고, 봄이 왔는지 알지 못했다. 그 일 이후 그는 가게에서 넋을 놓고 앉아 있는 날이 많았다. 손님이 와도 물건이 어디 있는지 도통 기억이 나지 않아 팔 수 없었다. 한 달 만에 가게를 정리하면서 그때서야 고양이를 떠올렸다. 그 녀석을 까맣게 잊고 있었다. 나중에야 장례를 치르느라 가게를 비운 사이에 근처 사는 동생이 고양이를 잡아 창문 밖으로 내보냈다는 소리를 들었다.

가끔 녀석이 생각났다. 가게로 뛰어들었을 때 헐떡거리던 소리며, 늘 불안에 떨며 경계하던 모습이며, 그 와중에도 흔들거리는 끈을 잡으려 몸을 세우고 앞발을 움직이던 모습이 맥락 없이 떠올랐다. 이름도 없이 그냥 나비야, 하고 부르던, 볼품없던 삼색고양이였다. 겨울동안 얼어 죽지는 않았는지, 하는 생각도 했다.

그는 새끼고양이가 나비를 닮았다고 생각했다. 어쩌면 창문 밖으로 버려졌던 고양이가 겨울을 무사히 넘기고 짝을 찾았는지도 몰랐다. 하지만 흔한 고양이였다. 어미는 나타나지 않았다. 새끼고양이 울음소리는 가슴을 후벼 파듯 질겼다. 그가 멀찍이 떨어져 고양이를 지켜보는 동안, 어미도, 사람도 지나가지 않았다.

그는 망설이다가 천천히 걸음을 옮겼다. 어쩔 수 없는 일이야, 하고 중얼거렸다. 날이 어두워지면 어딘가에서 어미고양이가 나타나리라 생각했다. 아니면 사료를 주러 왔던 누군가가 새끼고양이를 키우게 될지도 몰랐다. 잠깐 새끼고양이를 데려다 키울까도 생각했지만 번거로운 일이었다. 그가 건강을 위해 걸음을 옮기는 동안, 무거운 발걸음을 붙잡던 고양이 울음소리는 점점 멀어졌다. 물이라도 사다가 부어주고 올걸, 하는 생각은 나중에 들었다.

사진 설명 | 내 발은 나를 닮지 않아 새초롬히 어여쁘다. 그 발로 묵묵히 걸어왔고, 지금도 잘 걷는다 _ 26p | 올해 초, 코로나19가 터지기 직전 다녀온 쿠바 산티아고 데 쿠바의 모로 캐슬, 거대한 시간이 쌓인 바람을 맞고 있다 ⓒ조연수 시인 _ 27p | 쿠바, 석양이 지는 말레콘 해변에서 방파제에 앉아 있다. 때로는 그림자로 남고 싶을 때가 있다 ⓒ조연수 시인 _ 32p | 쿠바 헤밍웨이 기념관이다. 헤밍웨이의 과거 흑백사진과 창문으로 들어오는 현재의 밝은 햇빛, 나는 그 사이에서 청새치보다 더 큰 물고기를 잡을 낚싯대를 준비한다 ⓒ조연수 시인 _ 33p 상 | 인천일보에 만평을 그리는 유사랑 화백이 올해 초에 그려준 캐리커처이다 _ 33p 하 |

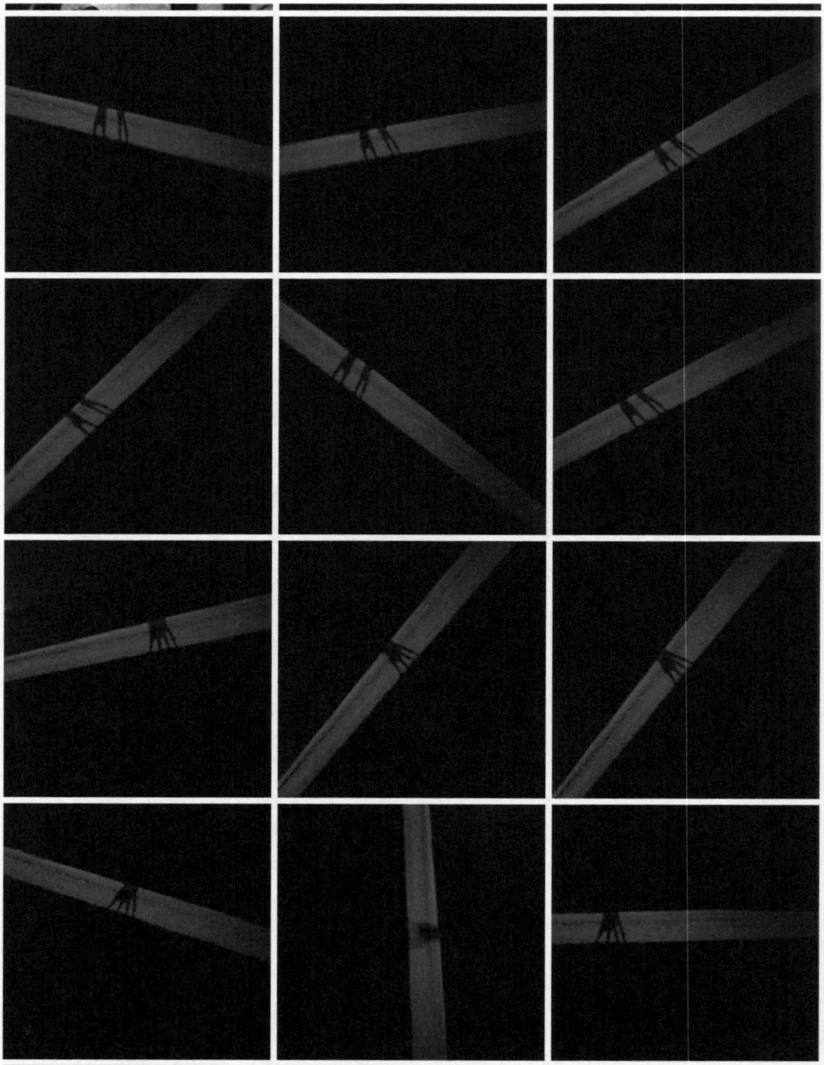

3회 스마트소설박인성문학상 수상작가

김엄지

2010년 『문학과사회』신인문학상 수상 등단. 저서로 『미래를 도모하는 방식 가운데』 『주말 출근 산책 : 어두움과 비』 『목격』 『폭죽무덤이 있다』

장미가 다 졌다
더 고민하기 싫은 문제가 있다
각박한 사람이 되기는 싫은데, 그게 참 쉽지가 않다

— 독자에게

여름

김엄지

가지고 있는 많은 것들을 버리기도 했다.
사진, 책, 메모지. 넘쳐서 버거웠다.
해왔던 모든 일을 그만 둘 수는 없었다.
할 일을 만들지 않아도 새롭게 감내해야만 하는 일들이 생겨났다.
잘 타고 다니던 차가 반파되거나. 그럼에도 살아남거나.
주기적인 친인척의 연락, 주로 내 부모에 대한 책망이었다.
살이 으스러진다는 건 뭘까. 나는 반파된 차 안에서의 이미지를 떠올렸다.
부딪히겠다, 생각했을 때 부딪혔다. 눈을 뜨자 찢어진 에어백과 금이 간 앞 유리에 찍혀있는 내 살점을 보았다. 저건 살점이고 저건 유리고 저건 피다. 그런 것까지 보아야 하는 눈.
그 여자에게 가는 길이었다.
그 여자 때문에 벌어진 사고는 아니었다.
그럼 무엇 때문이었을까.
사고는 왜 이유를 찾게 만들고.
왜 사고는 사람을 초라하게 만들까.
그 사고 후에 나는 볼품없이 말라갔다. 좀 헐렁한 바지를 입고 걸을 때면 걸음마다 정강이에 천이 스쳤다. 차가운 섬유가 뼈에 곧장 닿는 것 같아 께름칙하고, 단지 내 기분이겠지만.

대부분 나는 내 기분을 어쩌지 못했다. 도저히, 라는 말을 곱씹다 터미널로 향했다. 가장 먼 곳의 티켓을 끊고, 버스에서 내려 해변을 걷고 회를 먹고, 폭죽을 터뜨렸다. 폭죽이 하늘이 아니라 손 안에서 터졌다. 기다란 막대 폭죽을 붙잡고 서서 타들어가는 도화선을 보았다. 손목 즈음에서 밝게 불꽃이 일었다. 펑 터지는 소리에 놀라 막대폭죽을 던지고 뒷걸음쳤다. 뜨거운 손바닥에 소주를 들이부었다. 가지고 있는 것 중에 소주가 제일 차가워서.

손 안에서 터지는 건 폭죽뿐이었을까.

갑작스러운 나의 이탈은 내가 속해 있던 조직에 아무런 피해도 주지 않았다. 동료들이 나를 걱정하고 있다는 소식을 전해 듣기는 했다. 그 소식을 들었을 때 나는, 나를 왜 걱정해 너희가, 그런 생각을 했다. 너희는 너희의 삶을 걱정해야지.

나에게는 재배치가 필요했다.

규칙을 만들어야했다.

일년에 세 번 등산을.

육개월에 한번 바다에 가고.

석달에 한번 이불을 빨자.

매주 화요일에는 마트로 가 식자재를 사야지.

피자 한판을 주문해서 그것만 하루 종일 먹기도 하고.

피자 쿠폰이 쌓이고, 쿠폰이 서랍마다 튀어나오겠지.

쿠폰도 서랍도 언제나 너무 많다.

나는 일생을 하나의 끈과 같은 것으로 생각하지 않는다.

느리게 전개되는 필름,

갑작스럽게 중단되는 필름,

낮은 낮대로, 밤은 밤대로, 새벽은 새벽이라.

나는 혼자이기를 원하고.
절대로 다시 돌아가지 않겠다, 다짐했다.
왜 그런 다짐이 필요할까, 생각했을 때 웃음이 나왔다.
뭐가 웃긴 걸까. 하늘은 비구름으로 가득했다.
발등에 긴 그림자가 드리워지고 바지 밑단이 다 헤져있었다.
새 바지를, 새 허리띠를 사야한다고 생각했다.
허리를, 머리를 새로 사고 싶기도 했다.
다시 태어나고 싶은 것은 아니었다.

사진 설명 | 하조대 해변에서, 나와 재인 그림자 모음 _ 34p | 기분이 좋아보인다 _ 35p | 임영웅 작가가 찍어준 프로필 사진 _ 38p | 사천해변에서 겨울 _ 38~39p

4회 스마트소설박인성문학상 수상작가

김상혁

2009년 『세계의문학』신인상 등단. 시집 『이 집에서 슬픔은 안 된다』 『다만 이야기가 남았네』 『슬픔 비슷한 것은 눈물이 되지 않는 시간』, 산문집 『만화는 사랑하고 만화는 정의롭고』. e-mail:redinsilver@naver.com

사진 설명 | 몇 해 전 스튜디오에서 촬영한 프로필 b컷. 얌전하고 힘없는 모습이라 좋다. 나의 내면은 항상 저런 상태 비슷하다 _ 40p 좌 | 아내가 만들어준 나. 효수된 상태 아니고 나중에 몸통도 만들어주었는데 세우면 자꾸 기울고 무너지더라. 다시 봐도 한국 남자 열에 여덟이 이런 얼굴 _ 40p 우 | 아내 사진을 올릴까, 아들 사진을 넣을까 고민하다가 어릴 적 아내 사진을 보낸다. 만 5세 김잔디. 저기에 숏컷하면 아들 얼굴이다 _ 41p 상 | 아내가 찍어준 뒷모습. 앞으로 내가 아내의 프레임에 단독으로 잡히는 일은 없을 것이다 _ 41p 하

돈이 되지 않는 글을 쓰지 않는다, 라는 마음가짐으로 지난 몇 년을 살고 있다. 그런데 내가 말하는 '돈이 된다'는 기준이 너무나도 보잘 것이 없어서 같이 사는 잔디와 문채에게 매번 미안하다. 돈에 관하여 생각하다 보면 삼 년 전 〈걸어본다〉 시리즈를 계약하며 받은 계약금이 마음에 걸린다. 남의 돈 쓰고 모른 척하는 기분이다. 어서 좋은 글로 답하고 싶다 — 독자에게

세상에 좋은 남자는

김상혁

아래는 2017년 여름 자신의 결혼 이야기를 공개하여 각종 온라인 커뮤니티 및 SNS를 뜨겁게 달군 인물 김영미(26 · 여)와, 그의 남편 우정우(가명, 20 · 남)의 첫 만남을 재구성한 글이다. 김 씨는 남양주 별내동에 6층 상가건물을 소유한 건물주이자 해당 건물의 1층 카페를 직접 운영하는 사업가이기도 하다. 이런저런 삶의 이력과 재산형성의 과정까지 자세히 드러난 영미 씨에 비하여 남편에 관한 정보는 현재까지도 거의 알려진 바가 없다. 하지만 그가 아내를 만나기 전까지 별다른 수입이 없었으며, 영미 씨와는 달리 딱히 눈에 띄는 외모도 아니라는 점만은 확실하다. 검은 뿔테 안경을 쓴 키 175센티미터의 평범한 백수. 정우 씨에 관한 정보는 이게 전부다.

오전 내 카페는 한산한 편이었다. 나름의 사업가적 신념에 따라 일주일에 한 번은 직접 카운터를 지키기로 한 영미는 텅 비어 있는 홀을 멍하니 쳐다보면서 이런 시시하고 쓰잘머리 없는 짓도 슬슬 그만둘 때가 되었다는 생각에 문득 홀가분한 기분을 느낀다. 한때는 직접 일을 하면 무언가를 배울 수 있으리라 여기기도 하였다. 하지만 지난해 가을부터 지금까지의 아홉 달이 조금 넘는 기간을 돌아보건대 그에게 좋은 기억이나 의미 있는 경험 따위는 아예 없었다고 해도 좋다. 다짜고짜 반말로 주문을 하거나 자기 귀에 이어폰을 꽂은 채 영미 목소리 작은 탓을 하는 손님 같은 건 진상 떠는 축에도 끼지 못하였다. 티가 얇아지고 바지가 짧아지는 늦봄부터 영미의 스트레스는 더욱 극심해졌다. 남자 손님의 성희롱을 보다 못한 여자 직원이 부러 큰 소리로, 사장님, 아르바이트 면접 연락인데요? 하며 카운터에 선 영미를 불러 내리려 해도 소용없었다. 와, 어쩐지, 사장님이라 옷이 그렇게 시원시원하고, 이렇게 예쁘시고! 더욱 놀라운 것은 영미가 직접 면접을 통하여 들인 몇몇 남자 직원의 태도도 저들과 크게 다르지 않았다는 점이다. 아…… 사장년, 내가 존나 한번, 아…… 존나 진짜, 한번 씨발…… 같은 말을 중얼거리던 직원을 자른 일도 있었다. 한 달 전 막 수능을 마치고 일을 시작한 그 남직원은 그날 카페 뒷골목에서 대형쓰레기봉투를 묶느라 그걸 자기 두 허벅지 사이에 끼우고 이리저리 용을 쓰는 중이었다. 그는 카페 문을 나서는 마지막 순간까지 자기가 말한 그 '사장년'은 절대 영미가 아니라고 우겼다.

정오가 조금 지나 키가 고만고만한 남자 다섯이 카페 안으로 우르르 들어왔다. 영미는 본능적으로 카페가 곧 시끄러워지리라는 사실을 알았다. 그들은 입구에서 가장 먼 구석자리로 가더니만 커피 값을 두고 가위바위보를 시작했다. 보! 보! 다섯 중에 하나가 소리를 지르며 빠졌다. 아, 나, 씨발! 잘 마실게! 남은 넷은 잠시 숨을 고르는 중이었다. 다시, 가위바위보! 보! 보! 보오!! 이번에는 나머지 셋이 방금 가위를 냈던 손을 각자의 머리 위로 치켜들더니 일제히 자리에서 벌떡 일어났다. 와우! 씨발! 근! 이런 기쁨의 소리들이 섞여 울렸다. 그리고 홀이 조용해지자 그쪽을 외면한 채 짐짓 휴대폰이나 만지던 영미는 자기도 모르게 보자기를 낸 패배자를 향하여 시선을 던졌다. 그가 바로 우정우였다. 마치 운명처럼 영미는 그에게서 눈을 뗄 수 없었다…… 같은 낭만적인 전개와는 딴판으로, 오히려 그날 영미는 한 남자를 자기 운명으로 취하리라 스스로 결정해버린 것이다. 최초 영미의 짐작으로는 가위바위보에서 진 정우가 취할 태도는 뻔하디뻔했다. 그는 아쉬움에 외마디 소리를 지르며 일어설 것이고, 좀 과장된 표정으로 3만원 어치의 불행을 탄식할 것이다. 아니면 본디 자기가 내려고 했다는 말을 덧붙이는 것으로 통 큰 척을 하면서, 여기서 제일 비싼 아이스 아메리카노 주세요, 따위의 말을 카운터 앞에 서서 유머랍시고 떠들지도 모르지. 영미는 보자기를 낸 저 남자가 앞으로 하게 될 모든 행동들, 그러니까, 벌떡 일어나 큰소리를 내고, 별 대단치도 않은 화를 굳이 삭이는 시늉까지 마친 후에, 조금 어색한 걸음걸이로 카운터로 걸어오는 모습 하나하나를 떠올리며 미리 짜증이 치미는 것을 느꼈다.

가위바위보에서 진 정우는 그러나 끝내 조용하기 그지없었다. 그는 승리자 넷의 장난스러운 놀림과 위로에 전혀 동요하지 않았고, 입가에 잔잔한 미소를 머금은 채 얌전히 의자를 빼고

일어나더니 다시 의자를 제대로 잘 집어넣은 후, 한 손으로 자기 신용카드를 만지작거리면서 일정하고 차분한 보폭으로 카운터로 향했다. 영미가 보기에 나머지 네 명의 부산한 움직임과 대조되어 정우의 모든 행동은 슬로모션이나 다름없었다. 보자기남은 단 한마디도 하지 않았으며 그 어떤 소음도 내지 않고 영미에게 다가갔다. 그 순간 영미는 이렇게 결정해버린다. 정우는 좋은 남자다, 이 세상에 좋은 남자는 정우 정도밖에 없을 것이다.

몇 년이 지난 지금 영미 씨 부부가 어떻게 사는지는 전혀 알 길이 없다. 그는 결혼과 함께 카페 운영을 남편에게 맡겼다가 곧 그것마저 관두었고, 얼마 후에는 아예 다른 카페에 세를 주었다. 영미 씨의 전화번호도 바뀐 상태이다. 2017년 여름 김영미 씨가 자신의 결혼 이야기를 공개한 뒤로 몇 달 동안은 누구나 인스타그램을 통하여 그 부부의 일상을 들여다볼 수 있었다. 하지만 같은 해 가을, 카페 간판이 바뀐 직후 영미 씨는 SNS 계정을 폭파하였다. 필자는 요즘도 종종 파주에서 별내동까지 찾아가 그 카페에서 커피를 마시곤 한다. 어쨌든 전적으로 자기 뜻에 따라 남편을 선택할 수 있었던 김영미 씨라도 영원히 행복하게 살았으면 좋겠다.

5회 스마트소설박인성문학상 수상작가

윤해서

2010년 『문학과사회』신인문학상으로 등단. 소설집 『코러스크로노스』, 장편소설 『0인칭의 자리』, 중편소설 『암송』 『그』가 있고, 동인 '무가치' 활동 중이다.

누군가의 흉터에 손을 올려놓는다. 손바닥이 흉터에 닿는다. 뜨거운 것은 손이다. 손금이 전생의 흉터라고 생각한 적이 있다. 덮을 수 없는 마음. 구름이 보이는 밤이 있다. 잠깐 바람이 된 것 같아

물결

윤해서

나는 생각이 없다. 나는 아무 생각이 없다. 나는 아무 생각이 없다. 나는 아무 생각이 없다. 나는 아무 생각이 없다. 나는 아무 생각이 없다. 아이는 7살이다. 7살이 물구나무를 서서 나는 아무 생각이 없다를 반복한다. 나는 아무 생각이 없다. 나는 아무 생각이 없다. 주식에 세상이 다 있어. 아이의 아빠가 말한다. 나는 아무 생각이 없다. 나는 아무 생각이 없다. 세상의 흐름을 봐. 아이를 보다. 아무 생각이. 생각이. 없어진다. 생각 없이 아이를 본다. 곧 초복이지. 그럼 닭을 사. 네가 먹고 있는 그 물고기. 그건 치킨주를 팔아 산 거야. 아프리카 돼지 열병이 요즘 너무 잠잠해. 방역을 너무 잘해. 그럼 치킨주가 떨어져. 팔아야지. 그땐 팔아야지. 하지만 이제 곧 초복. 치킨주를 사. 요즘 제일 잘 팔리는 차가 뭔지 알아? 아이의 아빠가 말한다. 나는 아무 생각이 없다. 나는 아무 생각이 없다. 아빠는 아이를 보지 않고. 아이의 아무 생각은 그치지 않는다. 어쩌다 생각이 없어졌지? 나는 아이에게 묻는다. 아이의 아빠와 마주앉아 아이에게 묻는다. 아이는 원래 아무 생각이 없었다고. 대답한다. 원래? 원래. 원래는 언제부터지? 내가 어릴 때부터. 넌 지금도 너무 어린데. 상한가. 연속 상한가. 타이밍이 중요해. 나는 아무 생각이 없다. 나는 아무 생각이 없다. 나는 아무 생각이 없다. 어제는 무슨 꿈을 꿨어? 나는 아무 생각이 없는 아이에게 묻는다. 그러니까. 음. 음. 꿈에 어벤져스가 나왔어. 영웅. 아니 악당. 게임에 나오는. 요즘 하는 게임. 저기 나오는. 테슬라. 요즘은 테슬라가 최고야. 아이의 아빠가 말하고. 아이는 똑바로 앉아. TV를 가리킨다. 영웅? 아니 악당. 테슬라? 그렇구나. 그래서 꿈에? 주식은 세상이야. 그럼 그 차에 들어가는 배터리를 만드는 회사는? 그 배터리에 들어가는 부품을 만드는 회사는? 악당이 나의 땡땡을. 그 회사들이 다 주식이야. 흐름을 읽어. 내 땡땡을. 중국이 미국에서 제일 많이 수입하는 게 뭔지 알아? 미국이 중국에서 제일 많이 수입 하는 건? 결국 모든 게 주식이야. 그래, 응, 응, 그래. 그런데 꿈에? 꿈에 악당이 자르려고 했어. 나의 땡땡을. 너의 땡땡? 응, 말할 수 없어. 들었어? 트럼프의 말, 한 마디, 한 마디. 다. 땡땡은 말할 수 없어. 절대. 왜 땡땡은 말할 수 없지? 부끄러우니까. 왠지 말하기는 부끄러워. 그랬구나. 그런데. 말할 수 없는 땡땡을 악당이 자르려고 했어. 그래서? 그래서? 무서웠지. 무서웠어. 땡땡을 잃을까봐. 그래서 땡땡을 지키려고 물구나무를 선 거야? 아니. 그건 꿈이잖아. 거의 꿈같은 얘기지. 주식을 업으로 하는 사람이 얼마나 많은지 알아? 이건 중독이야. 끝내줘. 어떤 게임보다 짜릿해. 꿈. 거의 꿈. 그럼 무서워서 아무 생각이 없어진 거니? 아니, 그건 꿈이야. 그건 꿈. 지금은 꿈이 아니고. 헷갈리지마. 아이는 다시 물구나무를 선다. 대두? 그래서 대두가 어쨌다고? 아, 희토류? 나는 생각이 없다. 나는 아무 생각이 없다. 나는 아무 생각이 없다. 나는 아무 생각이 없다. 아이는 아무 생각이 없고. 결국은 흐름을 타야 돼. 혼자는 안 돼. 따라가는 거지. 흐름을. 아이는 7살이다. 그들의 흐름을 봐. 7살이 물구나무를 서서 나는 아무 생각이 없다를 반복하는 것을 본다. 아무 생각이. 생각이. 없어진다. 꿈에. 악당이 나에게 속삭였어. 너의 땡땡을 자르러 왔다. 그때. 나의 땡땡을? 진단키트로 크게 벌었지. 이제 오를 대로 올랐고. 무릎에서 사서 어깨에서 판다. 이건 기본이야. 기본 중에 기본. 물구나무는 절대 안 돼. 다음 물결을 봐. 꿈에. 악당이. 너는 생각이 없어질 거야. 너의 생각은 없을 거야. 너는 아무 생각이 없어. 너는 아무 생각이 없이. 꿈은 꿈이고. 현실은 현실. 헷갈리지마. 세상의 흐름을 봐. 세상의 흐름을 타. 그들의 생각을 읽어. 그들의 생각이 중요해. 그들의 생각은 흐름을 바꿔. 생각이. 생각이. 생각이. 없어진다. 또 다시. 아이가 물구나무를 선다. 나는 아무 생각이 없다. 나는 아무 생각이 없다. 물구나무는 절대 안 돼. 어깨와 무릎의 위치가 바뀌면 폭망. 끝장이지. 나는 아무 생각이 없다. 나는 아무 생각이 없다. 아이의 아빠는 말하고. 집을 팔까? 아이는 매일 밤 꿈을 꾼다.

사진 설명 | 생각보다 밝다 ⓒ정재혁 _ 46p | 해마다 장미가 온다 _ 47p | 心多 _ 51p 좌 | 나는 나를 잘 모르겠다. 다만 나는 여기 있다 _ 51p 우상 | 넋이라도 있고 없고 _ 51p 우 하

6회 스마트소설박인성문학상 수상작가

곽정효

1990년 『월간문학』 시, 2010년 『문학나무』 소설 등단. 시집 『소리의 바다』 『음악 미나리 상상』, 장편소설 『두물머리 사람들』 『하느님과 씨름한 영혼』, 단편집 『평화고등학교』. e-mail:gwakjunghyo@hanmail.net

나는 줄곧 물로 시를 쓰고 소설을 써 왔다. 해와 바람 몇 번 지나가면 흔적도 없이 사라지고 말 줄 알면서 처절하고 아름다운 목숨들을 위해 이렇게라도 마음을 보태고 싶었다 — 독자에게

숲

곽정효

내 숲은 숲이라는 말을 쓰기도 낯간지러울 정도로 보잘 것 없는 것이었다. 그래도 언젠가 풍요로운 숲이 될 것이라 믿고 정성을 들였다. 누군가 말했다. 별나무를 심으라고. 빨리 자라는 특성 때문에 몇 년이면 아름다운 숲을 이룰 수 있을 것이라고. 과연, 별나무는 빠르게 자라났다. 얼마 지나지 않아 푸른 숲을 보여주었다. 사시사철 푸르고 뾰족한 잎들이 햇살을 뒤집으며 까르륵거렸다. 멀리서보면 별이 반짝반짝 빛나듯 했다. 그래서 별나무인가 싶었다. 독특한 향도 있었다. 은은하면서도 짙다면 짙은 향이었다. 낮에는 피톤치드가 유난히 많이 뿜어져 나와 사람들이 몰려들기도 했다. 별나무 향이 해충을 없애주고 피를 맑게 해준다는 소리도 들려왔다. 그런데도 나는 점점 별나무가 마땅찮았다. 봄이면 감당할 수 없는 꽃가루가 눈을 못 뜨게 했다. 무엇보다 심각한 건 숲에 아무 것도 살 수 없게 되었다는 것이었다. 다른 나무는 함께 살 수 없었다. 게다가 열매가 없었다. 그저 제 키를 높이고 영역만 불려 나갔다. 푸르게 푸르게 세상을 향해 두 팔을 펼쳤다. 숲은 넓고 높아져갔다. 하지만 열매가 없는 숲에 생명이 깃들 리 없었다. 짐승도 벌레도 살지 않았다. 나는 그걸 견딜 수 없었다. 별나무를 베어내기로 마음을 굳혔다.

별나무를 베어낸 자리에 양지에 산다는 양지나무를 심었다.

이런저런 열매들이 뒹굴고 짐승들이 살게 되었다. 사이사이에 꽃들도 피어났다. 바람 소리도 듣기 좋아졌다. 그래, 숲이라면 이래야지, 나는 새와 더불어 흥얼거리기도 하고 꽃향기도 즐겼다.

양지나무들이 자라나 음지가 생겼다. 그 틈에 심지도 않은 나무들이 나타났다. 음지에만 사는 음지나무들이었다. 얼마나 빨리 자라는지 양지에 사는 양지나무들보다 무성해졌다. 그러자 양지나무들이 시들시들 죽어갔다. 이번에는 음지에서 자라난 것들을 베어내야 하나? 한숨이 나왔다. 베어내고 나니 양지나무들은 또 음지를 만들어 그것들을 키웠다. 그렇다고 음지나무만 키울 수는 없었다. 음지나무들은 양지나무가 만들어 주는 그늘이 없으면 살 수 없었다.

맥이 빠졌다. 같은 일을 반복하고 싶지는 않았다. 나는 헛심 쓸 것 없이 방치해 두기로 했다. 혹시 내가 모르는 방법이 그들에게 있을 수도 있으니.

그랬다. 내가 아무것도 하지 않았는데 저희끼리 알아서 살아남았다. 어떤 때는 음지나무가 너무 많아지고 어떤 때는 양지나무가 너무 많아졌지만 양지나무의 누런 잎사귀들이 곧 음지나무의 것이 되고 음지나무의 절박한 소리가 곧 양지나무의 것으로 바뀌곤 하였다. 언제까지나 양지나무의 것이고 언제까지나 음지나무의 것인 건 없는 듯 보였다.

숲에, 그들 사이에 뭔가가 있었다.

처음엔 그들이 싸우고 있는 것이라 여겼다. 점점 싸움이 아니라는 느낌이 왔다. 타협일까? 그러나 그건 또 아니었다. 그들 사이엔 묘한 경계가 지켜지고 있었다. 생겨난 것인지 원래 있었던 것인지는 알 수 없지만.

가만히 있는 것 같지만 잠시도 가만있지 않았다. 밀당을 하듯 서로의 영역으로 침범해 들어갔다가 밀려나곤 하였다. 아무리 용을 써도 경계선 이상으로는 나아갈 수 없는 모양이었다. 자신을 극대치까지 끌어올렸다가 무너지곤 하였다. 경계가 내 눈에도 확연해졌다. 나무와 씨름하기 전에는 몰랐던 경계였다.

그들의 경계가 내게는 길이었다. 내가 가꾼 숲이었지만 이미 너무 무성해져 나는 숲으로 들어갈 수 없었다. 나무를 심을 줄만 알았던 나는 덕분에 숲 깊숙이 들어갔다.

바람이 심해지고 그들의 밀당이 격렬해졌다. 음의 기운이 높았다. 하늘과 땅이 붙어버릴 듯 하늘이 내려앉았고 대낮인데도 사방이 어둑어둑했다.

바람을 타고 별나무의 향이 강하게 날아왔다. 어둑한 발밑에서 반짝이는 것들이 명멸하고 있었다. 별나무에서 떨어져 흙속에 묻혔던 별들임을 직감했다. 음지나무가 극대치까지 자신을 부풀리자 우루루 몰려가 막아섰다. 양지나무는 물론, 그들의 영역을 지켜 주었다. 그것이 꼭 양지나무를 위한 것만은 아니라했다. 더 이상 자신의 한계치를 넘어 부풀면 스스로 터져버리고 만다는 소리였다. 자신들이 가져본 적 없는 경계선이기에 더 지켜주고 싶다고 했다.

숲 밖에 있는 나를 돌아다보았다. 낮과 밤이 맞물리고, 슬픔과 기쁨이 맞서는 방법을 배우며 구부러진 나무 한 그루가 숲을 바라보고 서 있었다.

사진 설명 I 가우디의 구엘 공원에서 _ 52p I 블라디보스톡에서… 최재형에 대해 장편소설을 쓰기로 마음먹었다 _ 53p I 특별한 물고기가 산다는 호수 앞에서 _ 56p

7회 스마트소설박인성문학상 수상작가

안영실

1996년《문화일보》중편 「부엌으로 난 창」으로 등단. 소설집 『큰 놈이 나타났다』, 프랑스 editions Philippe Rey에서 공저 『Nocturne d' un chauffeur de taxi』, 소설집 『화요앵담』 출간. e-mail:mypurplecat@hanmail.net

누군가를 이해하는 일은 관심으로 시작된다. 그 관심의 방향은 항상 내편을 향해 기울어진다. 기운 잣대로 잰 치수는 오해를 부르고, 어긋난 저울은 폭력이 될 수도 있다. 나는 가끔 에메랄드를 찾던 그분에게 미안해진다 — 독자에게

에메랄드

안영실

신도시 종합병원의 지하 1층, 초로의 여자가 사람들에게 길을 묻는다. 작은 키에 긴 스커트, 흰 남방을 팔꿈치까지 걷어 올린 모습이다. 점심시간이라 식당가와 주차장으로 통하는 지하 일 층은 오가는 사람들로 북새통이다. 흐르는 땀을 손등으로 훔치면서 여자는 지나가는 사람들에게 다가서곤 한다. 여자는 손짓 발짓까지 동원하여 뭔가를 묻지만, 말은 마스크 안쪽에서만 맴돌 뿐 잘 들리지 않아, 제대로 알아들은 사람도 없다.

사람들의 행렬은 강물처럼 꾸역꾸역 흘러가고, 이제 여자는 울 것 같은 표정이다. 의사는 사진의 검은 점을 보여주면서 에메랄드를 찾아가라고 했다. 에메랄드라니, 이장 마누라가 목에 걸고 있던 작고 반짝이던 보석? 그걸 사라는 뜻인가? 여자의 어리둥절한 표정을 읽은 간호사가 지하 일 층이라고 안내하지만, 아직도 그녀는 의사의 말뜻을 제대로 알지 못한다. 병원에서 에메랄드가 왜 필요한지 이상한 생각이 들지만 여자는 지하 일 층을 모조리 뒤진다. 그러나 에메랄드를 파는 가게는 찾지 못한다. 간호사가 한 시까지 가라던데, 시간은 벌써 십 분이나 지났다. 뒤로 묶은 머리 몇 가닥이 여자의 흰 남방 위로 아무렇게나 흘러내리고, 땀과 파운데이션으로 얼룩진 마스크는 좀 더 자주 벌렁거린다.

잠깐 동안에도 에스컬레이터는 검은 머리의 도도한 물결을 쉼 없이 쏟아낸다. 여자는 그 옆에서 어찌할 바를 모르며 점점 더 당황한 표정이다. 사람들은 여자를 외무사원으로 여기거나, 처방전이나 핸드폰을 들여다보는 시늉으로 피한다. 전염병이 돌기 시작하면서부터 사람들은 타인을 더 경계한다. 마스크는 관계의 벽이 되어 대화가 끊기고, 무엇보다 타인은 병을 옮기는 주체인 것이다. 그런 상황에서 처음 보는 여자가 말을 붙이며 다가서니, 귀를 기울이는 사람은 거의 없다.

마스크를 쓴 인간들의 무리가 짓는 도도한 격랑 속에서 여자는 점점 더 땀이 난다. 사실 찾아야 하는 것이 에메랄드 가게인지 뭔지 알 수 없기에, 여자의 목소리는 더 기어들어간다. 여자는 마스크를 조금 내리고 코언저리와 이마에 맺힌 땀을 훔친다. 땀이 난 손으로 자꾸 만져서 마스크는 점점 땟국으로 얼룩진다. 마침 구내식당으로 향하던 세 명의 인턴들을 발견한 여자가 반색하며 묻는다.

"저……선생님, 에메랄드……가 어디 있어요?"

젊은 의사들은 잠시 후 참관하게 될 수술실에서의 규칙을 얘기하느라 여자의 말을 알아듣지 못한다. 그중에 은빛 이어링을 한 여자 인턴이 잠시 뒤돌아보지만, 여자의 중얼거리는 말은 차마 은빛에 닿지 못한다. 모두 제 발걸음이 바쁘기에 누구도 그녀에게 관심이 없고, 질문의 핵심에 도달하지 못하였으며 여자는 점점 초조하다.

마침내 여자는 일층에서 내려오던, 어깨가 둥글고 희넓적한 인상의 중년여자와 눈이 마주친다.

“저, 에……메랄드……에메랄드가 어디 있어요?”
중년여자는 병원 정원에 있던 에메랄드그린트리를 떠올린다.
“에메랄드? 에메랄드그린트리를 말하나요?”
중년여자는 이 여자가 에메랄드그린트리 근처에서 누구를 만날 약속을 했을 것이라고 짐작한다.
“그건 정원에 가야 있는데요?”
“간호사 말은 지하 1층에 있다고……”
“그럼 여기 어디 화분에 심었을까요?”
주위를 둘러보지만 그런 나무는 보이지 않는다.
“어쩌나! 누구 아는 사람이 있을 텐데요. 안내하시는 분에게 물어볼까요?”
그때, 주차장에서 어떤 학생이 뛰어 들어오며, 비가 엄청 와!, 하며 소리친다. 그 말에 중년여자는 베란다 문을 열어놓고 나왔음을 떠올리고, 큰일이네 어쩌나, 하며 급히 주차장으로 가버린다.
여자도 놀라서 에메랄드 같은 건 싹 잊어버리고 만다. 밭두렁에 널어놓고 나온 마늘이 생각났기 때문이다. 허리가 고부라지도록 애쓴 마늘 농사를 다 망칠 판이기에, 여자는 갑자기 공포에 휩싸인다.
‘그 양반, 대자리에 대(大)자로 누워 뒹굴면서도 마늘 따위는 신경도 안 쓸 텐데.’
천안까지 전철을 타고 돌아갈 일도 까마득하고, 뭉텅이로 쏟아져 오가는 사람들은 더 아득한데, 마늘은 너무나도 멀리 있는 것이다. 초조해진 여자는 얼굴이 벌겋게 달아오르고, 마스크는 점점 더 벌렁거린다.

"저 여자 열이 나는 것 같아. 얼굴이 벌겋고."

에스컬레이터에서 내려오던 단발머리 간호사가 동료에게 말한다. 에스컬레이터 계단에 촘촘히 서있던 사람들의 의심스러운 시선이 여자에게 쏠린다. 그때 누군가 "코로나다!"하고 소리친다. 불안과 공포로 헐떡이던 여자는 그대로 허물어진다. 코로나래, 뭐! 코로나라고? 느낌표와 물음표가 웅성거리며 여자를 둘러싸거나 흩어지면서, 마침내 여자는 관심의 대상이 된다.

차에 시동을 걸던 중년여자는 갑자기 뭔가 생각난 듯 지하1층으로 허겁지겁 들어온다. 에메랄드를 찾던 여자는 어디에도 보이지 않는다. 에스컬레이터 옆 빵집으로 들어간 중년여자가 급히 계산대에 있는 아르바이트에게 묻는다.

"저기서 에메랄드를 찾던 여자 보셨죠? 어디로 가던가요?"

손님들이 줄을 선 베이커리 계산대에서, 계산하고 포장하고 또 계산하고 포장해야 하는 긴긴 시간에 지친 아르바이트는, 내 알 바가 아니라는 듯 고개를 젓는다. 아르바이트의 고개가 하필이면 약간 왼쪽 방향이고, 그것을 본 중년여자는 두 손을 모으며 환하게 웃는다.

"아! 정말 다행이에요. 에메랄드는 MRI실이거든요."

8회 스마트소설박인성문학상 수상작가

문서정

《전북일보》와 《전북도민일보》 신춘문예에 각각 수필, 2015년 《불교신문》 신춘문예 소설 당선. 에스콰이어몽블랑문학상 소설대상, 천강문학상 소설대상, 스마트소설박인성문학상 수상. 소설집 『눈물은 어떻게 존재하는가』, 6인 테마소설집 『나, 거기 살아』 출간. e-mail:esarang77@hanmail.net

그 누가 스마트소설을 쉽게 여기는가
그것은 참 작은 생각이다 단숨에 읽는 이야기
스마트소설 속에 깊은 우물과 넓은 우주가 담겨 있다

— 독자에게

여섯 번째 손가락

문서정

작은언니는 나에게 아파트 후문에 있는 커피숍으로 오라고 했다. 토요일 아침 9시가 조금 넘은 시간이었다.
“가는 길에 경혜 언니 태워서 같이 갈게. 지금 바로 출발한다.”
작은언니의 목소리는 어딘지 경직되어 있었고 묘한 긴장이 전해졌다. 나는 급히 샤워를 하고 아직 자고 있는 남편과 세 살배기 아들의 볼에 가볍게 입맞춤을 했다. 아파트 후문으로 걸어가면서 남편 휴대폰에 ‘잠깐 언니들 만나고 올게. 근처 커피숍에 와 있대.’ 라는 메시지를 남겼다. 토요일 아침부터 언니들이 대체 무슨 일로 나를 찾는 걸까. 벚꽃들이 차례대로 피어나고 있는 아파트 둘레길을 걸으며 고개를 갸웃거렸다. 평소 자매들끼리 서로 살갑게 안부를 묻는 사이도 아닌데다 우리 집이 아닌 굳이 커피숍에서 보자고 한 것도 마음에 걸렸다.
커피숍 의자에 앉자마자 큰언니인 경혜 언니가 목소리를 낮추어 경민아, 손 좀 내밀어봐, 라고 말했다. 왜? 그냥, 손을 내밀어보면 알아. 내 손을 유심히 살피던 언니들의 표정이 어두워졌다.
“혹시…… 오른손 엄지손가락에 이상한 증세 없니?”
“어떻게 알았어? 이가 새로 날 때처럼 간지럽고 시리면서 통증이 있어. 처음엔 뾰루지인가 싶어 막 긁었는데 나무껍질처럼 딱딱해지면서 점점 커지고 있어.”

"나도 경미도 오른손 엄지에 그런 증상이 있어. 경미는 크기가 애기들 새끼손가락 만해."

손에 쥐고 있던 차가운 물 컵의 냉기가 순식간에 내 몸 전체로 퍼져나갔다. 나는 왼손가락으로 오른손 엄지를 불안스럽게 긁으며 말했다.

"그럼, 지금, 다 같이 정형외과에 한 번 가보자. 유전병일 수도 있잖아."

큰언니가 가만히 듣고 있더니 천천히 입을 뗐다.

"그보다 먼저 오빠부터 만나보자. 오빠도 같은 증상을 보이는지."

작은언니는 오빠가 사는 의정부로 운전을 하면서도 내내 오빠에게 꼭 가야되겠느냐고 투덜거리며 말했다.

"나는 그 인간 엄마 장례식 때 봤을 때 토하고 싶더라. 20년 만에 처음 본 거잖아. 그간 얼마나 잘 먹고 잘 살았는지 외양은 번지르르 하더라. 세상 참 웃겨. 꼭 그런 사람들이 잘 산단 말이야. 그 인간 엄마를 어떻게 꾀었는지 엄마 집 팔아서 제 집 사는데 홀라당 넣었잖아. 엄마한테는 13평 아파트를 전세로 구해주고. 올케는 이번에 승진하고 조카도 S대 입학했다며?"

뒷좌석에 앉은 큰언니가 차분한 목소리로 대꾸했다.

"그만해. 오빠는 그냥 자신과 자기 식구만 챙기고 그렇게 살았을 뿐이야. 엄마와 동생들의 존재가 자신의 평안한 삶을 위협할까봐 숨은 거지. 오빠도 나름 열심히 살았으니 그런 결과가 있겠지. 사는 방식이 서로 어긋나면 안 보면 되는 거야. 그렇게 욕하면 네 에너지만 뺏겨."

"엄마 장례식 때 은오가 오빠한테 왜 그렇게 대들었겠어? 그

거 보고도 언니는 그런 말을 해?"

언니들의 대화를 듣고 있던 나는 안전벨트를 풀고 차에서 그만 내리고 싶었다. 막내 은오를 떠올리자 숨을 쉴 수 없을 만큼 가슴이 옥죄어왔다. 은오는 하는 일마다 잘 안 됐다. 대학도 삼수를 해서 이름도 처음 들어본 대학교에 들어갔다. 입사 시험에도 백 번쯤 떨어졌다. 작은 회사에 입사해 들어가서도 오래 견디지 못하고 이내 나왔다. 사귀는 여자에게도 번번이 차이는 쪽이었다. 그러나 요양원에 계신 엄마를 자주 찾아뵙는 것도, 요양원에 들를 때마다 간병인 대신 엄마의 기저귀를 갈아 준 것도 은오였다. 장례식장에서 가장 슬프게 운 사람도 은오였다. 들짐승처럼 그르렁 거리는 소리를 내며 숨이 넘어가게 울었다.

오빠네 집 근처 찻집에서 오빠를 만났다. 오빠는 오른손 엄지에 붕대를 친친 감고 나타났다. 언니들도 나도 아무 말을 하지 않았다. 서로 애들 안부를 맥락 없이 묻고 커피를 다 마시고는 커피숍을 나왔다. 차에 타자마자 큰언니가 작은언니에게 지금 원주로 가자. 은오한테 문자부터 보내, 라며 굳은 표정으로 말했다. 오후부터 비가 오려는지 눅진한 바람이 자동차 창으로 들어왔다. 작은언니는 습도 때문인지 은오에게 가야되는 상황이 못마땅해서인지 눈살을 찌푸리며 문자를 보낸 뒤 시동을 걸었다. 나는 남편한테 많이 늦을 것 같아, 라는 문자를 보냈다. 작은언니는 차가 국도로 올라서자마자 새된 소리로 말을 쏟아냈다. 개새끼, 커피 값도 안내고 나갔어. 결국 큰언니가 내고 나왔잖아. 작은언니는 침을 뱉어주고 싶다는 표정으로 말했다. 아무도 반응이 없어도 작은언니는 계속 말을 이었다. 어젯밤에 언니한테서 전화가 왔더라고. 엄마 장례식 치르고 남은 부의금과 엄마 전셋집 처리한 돈을 다섯 형제 똑같이 나누어서 입금해주겠다고. 계좌번호를 물어보면서 오른손 엄지가 자주 아프다고 하길래 나도 아프다고 말했지. 순간 오싹하더라고. 오른손 엄지에 똑같은 통증이 있으니까. 그래서 내일 아침 일찍 너한테 가보자고 한 거고. 이제 은오만 한 번 확인해보자고. 이게 '세상에 이런 일이'에나 나올 뻔한 이야기잖아. 만약 은오까지 그렇다면…… 작은언니의 말이 끝나지도 않았는데 큰언니가 뒷좌석에서 몸을 곧추 세우더니 격앙된 목소리로 말했다. 제발 잠자코 좀 가자. 단순한 피부병일 수도 있어. 자꾸 커지고 있지만 그냥 딱딱한 각질일 뿐이잖아. 나는 조수석에서 아무 소리도 내지 않고 두 눈을 감았다. 밑도 끝도 없는 불안감이 올라왔다. 갑갑해서 숨을 훕, 하고 크게 여러 번 쉬었다. 은오가 목에 핏줄을 돋우며 소리치던 모습이 떠올랐다.

엄마 삼우제를 지낸 후, 식당에서 밥을 먹으며 부의금 남은 것과 엄마 집 전세금에서 요양원 비용을 치르고 남은 돈을 어떻게 처리할 건지 다섯 형제가 의논을 할 때였다. 부의금은 남은 금액을 똑같이 나누어 갖자는 의견과 각자 앞으로 들어온 부의금 퍼센트만큼 나누자는 의견이 팽팽히 맞섰다. 그때 택배 상하차 아르바이트를 하다가 오른쪽 다리를 다쳐 반 깁스를 하고 있는 은오가 식당 테이블을 손바닥으로 탁, 내리치며 일어났다.

"아무도 이 돈 손 못 대. 아무도 가질 자격 없어. 형은 엄마와 인연 끊은 지 20년이 넘었고, 누나들도 평생 엄마를 부끄러워하며 살았잖아. 다들 서울에서 원주까지 얼마나 멀다고 요양원에 계신 엄마를 자주 보러 오지 않은 거야? 왜 그렇게 엄마가 부끄러웠는데? 엄마가 평생 시장에서 생선 팔아 형과 누나들 공부시켰는데. 왜? 왜? 엄마가 육손이라서?"

은오는 말을 단숨에 뱉고서는 분을 참지 못하겠는지 한동안 거칠게 숨을 몰아쉬었다. 그때 오빠가 벌떡 일어서 테이블 위를 가로질러 가더니 은오의 뺨과 머리를 후려쳤다.

엄마는 오른손 엄지 옆에 손가락이 하나 더 붙어 있는 육손이였다. 엄마는 남들보다 손가락이 하나 더 많다는 이유로 엄마보다 열한 살이나 많은 병약한 남편과 결혼을 했고, 자주 병석에 눕는 아버지 대신 평생을 시장에서 일을 했다. 시장통에서 생미역 장사, 어묵 장사를 거쳐 생선 장사를 육십이 넘어서까지 했다.

나는 엄마에게서 나는 냄새가 싫었다. 비릿한 생선 냄새와 생선 내장들이 썩어가는 냄새는 매번 엄마 앞에서 고개를 외틀게 만들었다. 엄마의 체취를 생각만 해도 온몸에 생선 비늘이 돋아날 것 같았다. 학기 초나 운동회 때 엄마가 학교에 올까봐 아예 학교 일정을 알려주지 않았다. 그러나 그날 일은 두고두고 나를 괴롭혔다. 결혼 일정을 잡기 위해 예비 시부모님과 엄마와의 상견례가 있는 날, 나는 시어른들께 엄마가 갑자기 편찮으셔서 못 나오신다고 거짓말을 했다. 시어른들이 엄마의 오른손 엄지 옆에 나뭇가지처럼 툭 불거져 나온 여섯 번째 손가락을 볼까봐서였다. 엄마에게는 반대로 시어머님이 다치셔서 상견례는 하지 않기로 했다고 둘러댔다. 혼자 시부모님을 만나고 택시를 타고 집 근처에서 내려 좁은 골목을 걸어 올라갔다. 봄비가 내리고 있었다. 빗줄기는 굵지 않았지만 바람이 세게 불어 코트와 구두는 금세 흠씬 젖었다. 놀이터에서 잠시 숨을 골랐다. 근처 나무 아래에 누가 서 있었다. 한 손은 우산을 받쳐 들고 한 손에는 긴 우산을 쥐고서. 엄마였다. 언제부터 나를 기다렸던 걸까. 엄마의 얼굴은 젖어 있었다. 아무 말 없이 나무에 기대어 서 있던 엄마는 한 그루 나무처럼 보였다.

은오의 집 근처에 있는 좁은 골목에 차를 대고 내렸다. 잿빛으로 변한 하늘은 무겁게 내려앉아 있었다. 현관문을 열어주던 은오의 눈이 둥그렇게 커졌다. 누나들 셋이 갑자기 웬일이야? 이 근처 지나다가 네 생각이 나서 왔지. 급하게 오느라 빈손으로 왔어. 괜찮지? 괜찮지, 그럼. 작은언니와 은오가 이야기를 나누는 사이 나는 은오의 손을 찬찬히 살폈다. 별다른 이상이 없어보였다. 큰언니는 넷이 앉자 집이 꽉 차 몸 돌릴 틈도 없는 원룸을 눈으로 살폈다. 오른손 약손에 낀 반지는 뭐야. 커플 반지야? 어디 손 좀 봐. 작은언니가 덥석 은오의 오른손을 잡고서는 반지를 보는 척하며 은오의 엄지를 만졌다. 누나 왜 이래, 징그럽게, 하며 은오가 손을 뺐다. 누나들 저녁 먹고 가. 지금 자장면 시킬까? 은오가 말하자 아니, 아니, 하며 우리 셋은 동시에 손사래를 쳤다. 은오가 일어서더니 깁스한 다리를 끌며 가스레인지 쪽으로 가며 말했다. 라면이라도 끓일게. 먹고 가. 내 집엔 처음 오는 거잖아. 하긴 그랬다. 3년 전에 엄마가 요양원에 입원하고서야 은오는 서른둘의 나이에 독립을 했다. 아무도 은오가 어떻게 사는지 몰랐다. 30대 성인이니깐 당연히 관심조차 가지지 않았다. 엄마가 학교에 오지 않았다고 교실 바닥에 주저앉아 울었던 아이, 여자 친구가 생기면 엄마에게 항상 데려와 소개를 시키던 은오. 계란과 파를 쏭쏭 썰어 넣은 라면은 면발이 적당히 탱글탱글했다. 작은언니와 나는 한 그릇을 다 비웠고 큰언니는 두어 젓가락 먹다가 일어섰다. 우리도 따라 일어났다. 큰언니가 작은 탁자 위에 통장을 조용히 올려놓았다.

"부의금 남은 것과 엄마 전세금 정리한 거야. 이거 다 네 거야."

"그날, 이 돈 내가 받을 자격이 있다는 뜻은 아니었어."

은오는 눈을 내리깐 채 가만히 서 있었다. 그때 작은 언니가 대화에 끼어들었다.

"언니, 한 마디 상의도 없이 뭐야? 다섯 명 똑같이 나누기로 한 거 아니었어?"

작은언니가 얼굴이 벌개져서 소리를 쳤다. 큰언니가 내게 무슨 말인가를 해보라는 눈짓을 보냈다. 나는 시선을 바닥으로 떨어뜨린 채 아무 말을 하지 않았다. 은오가 이마에 새파랗게 힘줄을 드러내며 소리쳤다.

"나, 이 돈 안 받아. 누나들 빨리 가!"

은오가 통장과 함께 우리를 현관 밖으로 거칠게 밀어냈다.

자동차를 타고 서울로 오는 동안 셋 다 아무런 말이 없었다. 어둠 때문인지 운전석에 앉은 작은언니의 얼굴에 음영이 짙게 드리웠다. 언니들은 나를 아파트 정문에 내려주고 차머리를 돌려 나갔다. 차에서 내리자 비가 머리를 적셨다. 봄비인데도 제법 빗줄기가 굵었다. 갑자기 오른손 엄지 끝에서 맵싸하면서 격렬한 통증이 느껴졌다. 가로등 아래에서 오른손 엄지를 살폈다. 엄지손가락 옆에 나뭇가지 하나가 돋아나 있었다. 그것에 싹이 트고 잎사귀가 피어나고 있었다. 그것은 맹렬하게 뻗어 나오고 있었다. 엄마, 엄마…… 얇은 눈꺼풀 속에서 뜨거운 물이 계속 새어 나왔다. 봄비가 온몸을 흠씬 적시고 있었다.

스마트소설박인성문학상
문서정_수상자
위 작가의 스마트소설 「목욕」 은
짧고 빼어난 이야기로 새로운 문학 장르의 경계를
열어 보였습니다 문학나무는 이 작품을 2020년
2019년 12월 6일
심사위원 정현기 윤후명 황충상
박인성기념사업회장 이진민
「문학나무」 주간 황충상

강이나

김수영

서장원

송경혁

신종원

2020신춘문예 당선작가 스마트소설

오은숙

이경미

이소정

이은향

정무늬

현해원

경남일보 이경미

울산 최초, 최고, 최대 일간지

경상일보

송경혁

현해원

경인일보

국제신문

강이나

서장원 dongA.com

이소정

BUSAN.com 부산일보

SEGYE·com

세계일보

정무늬

全北日報 오은숙

김수영 chosun.com

한국일보 신종원

이은향 한라일보

2020신춘문예 당선작가

강이나

좋았던 일은 너무 쉽게 잊고 힘들었던 일은 너무 오래 기억한다
한껏 크게 웃었던 그날을, 좋았던 그날의 웃음을 오래오래 기억하고 싶다
그 기억이 다시 먼 곳을 보게 하고, 먼 길을 가게 할 것이다 — 독자에게

2020년 《국제신문》 신춘문예 등단. 2018년 무영신인문학상 수상.
현재 프리랜서 라디오 방송 작가. e-mail:rkd611@naver.com

사진 설명 | 나 같지 않게 예쁘게 나와서 좋아하는 사진 _ 76p | 무영신인문학상 시상식 때 사진, 오랜 기다림 끝에 듣게 된 당선소식이었다, 한껏 크게 웃었다 _ 77p

17회
무영문학상

지프트섬 모험기

강이나

"지프트섬에는 로즈라는 말이 없어요."
"장미를 장미라고 하지 않으면 뭐라고 해요?"
"버드라는 말도 없어요."
"그럼 새를 뭐라고 부르죠?"
"대신 러드와 보즈라는 말이 있어요. 가슴에 빨간 털이 난 새를 뺀 모든 새와 흰 장미는 러드, 흰 장미를 뺀 모든 장미와 가슴에 빨간 털이 난 새는 보즈라고 부릅니다."
지금은 세상에 없는 '지프트섬 모험기'라는 책에 나오는 이야기라고 했다. 무경계 영토, 식물과 동물사이에 경계가 없는 영토죠. 그가 이렇게 말했을 때 그녀는 눈빛을 반짝였다. 당신은 다른 남자들과 다른 것 같아요. 그는 그녀가 만나온 어떤 남자보다 키스를 잘했고 애무만으로도 그녀를 절정에 이르게 했다. 당신은 정말 달라요. 그녀는 그의 품에 안겨 몇 번이나 이 말을 반복했다. 그녀가 할 수 있는 최고의 칭찬이었다.
다음 만남에서 그는 지프트섬 모험기가 액자소설로 들어가 있는 책을 그녀에게 선물했다. 그 책에는 이런 구절이 있었다. '어느 소수부족에서는 위험한 동물이나 식물의 이름을 발설하는 것은 곧 위험을 초래하는 것으로 간주한다.' 그래서 그 부족에서는 곰을 곰이라 부르지 않고 곰이 취하고 싶어 하는 비공격적인 음식의 이름, 꿀이라고 부른다고. 위험을 피해가려는 주술. 그녀는 한글을 뗀 딸에게 동화책을 읽어주면서 곰을 꿀로 바꿔 읽었다.

"숲속에 게으르고 난폭한 꿀이 살고 있었어요."

"꿀?"

"곰을 꿀이라고 부르면 착해진대. 계속 읽어줄게. 꿀은 매일 꿀벌 집을 찾아가 집을 망가트리고 꿀을 통째로 꺼내 먹었어요. 나중에는 그마저도 귀찮아져 꿀벌들에게 집을 망가트리지 않을 테니 대신 꿀을 갖다 바치라고 명령했어요. 꿀벌들은 화가 났지만 집을 지키려면 어쩔 수 없었어요. 꿀벌들은 꿀에게 꿀을 갖다 바치기 시작했어요."

그녀는 계속 꿀꿀거렸고 아이는 깔깔거렸다. 이제 그만 자야지. 안 자. 안 돼, 일찍 자야 착한 아이지. 자기 싫어. 그녀는 책을 더 읽어달라는 아이를 억지로 침대에 눕히고 불을 껐다. 불 끄지 마. 무서워. 엄마, 제발. 아이는 어둠을 무서워했다. 하지만 그녀는 어두워야 숙면을 취할 수 있다고 굳게 믿고 있었다. 늦은 밤 남편이 퇴근하고 들어왔을 때 그녀는 눈치를 살피다가 "허니"하고 불렀다. 남편이 듣지 못한 것 같아 다시 한 번 말했다. "허니, 저녁은?" 남편은 뭔가 잘못 들은 사람처럼 멈칫했지만 이내 얼굴이 환해졌다. 듣기 싫은 건 아닌 것 같았다. 그녀는 용기가 생겼다. 그녀는 계속해서 남편을 허니라고 불렀고 그 말은 주술을 부렸다. 사나운 이빨과 발톱을 드러내는 횟수가 줄어들었고 입에서 튀어나오는 화살의 끝이 덜 뾰족했다. 그렇다고 곰이 꿀로 변한 건 아니어서 그녀는 여전히 남편을 두려워했다. 두려움이 엄습할 때마다 그를 떠올렸다. 그는 남편과는 다른 남자였다. 식물과 동물을 경계 짓지 않는, 남자와 여자를 경계 짓지 않는, 안과 밖을 경계 짓지 않는 탁 트인 사람. 그녀는 그를 상상하는 것만으로 위안이 되었다. 그와 함께라면 다른 삶을 살 수 있을 것 같았다.

"당신 아내는 당신을 뭐라고 불러요?"

그의 품에 안긴 그녀가 물었다. 짐짓 아무렇지도 않게 물었지만 목소리에 섞인 질투심까지 감출 순 없었다.

"뭐라고 부르긴요. 그냥 이름을……. 아, 그러고 보니 언젠가부터 좀 이상하게 부르긴 했어요."

"이상하게요?"

"허니라더군요. 나, 참. 간지럽게."

그의 품에 안겨 있던 그녀가 벌떡 몸을 일으켰다.

"그럼 당신은 아내를 뭐라고 부르죠?"

"이름을 부르죠. 수진이니까 수진아."

낯설지 않은 이름이었다. 그가 선물한 책 여백에 적혀 있던 이름. 2019년 여름 교보문고에서, 여수진. 그 책의 주인은 그가 아니라 그의 아내였다. 그녀는 한 번도 본 적 없는 여수진이라는 여자가 낯설게 느껴지지 않았다. 목까지 차올랐던 질투심도 사라졌다.

그날 이후 그녀는 그를 만나지 않았다. 대신 딸아이에게 정성을 쏟았다. 더 많은 책을 읽어주고 몸에 좋은 간식을 만들어 주었다. 그녀가 당근 케이크를 만들고 있을 때였다. 책을 읽는 아이의 목소리가 들렸다. 그녀는 당근 케이크를 접시에 담아 아이에게 다가갔다.

"은비는 꿀을 부르며 꿀에게 달려갔어요. 꿀, 꿀, 꾸—울. 은비가 목청껏 꿀을 부르며 달려가자 아빠와 꿀이 뒤돌아보았어요."

곰을 꿀로 바꿔 부르는 환유, 남편을 허니로 바꿔 부르는 주술. 아이는 엄마, 라는 단어가 나와야 할 때마다 꿀로 바꿔 읽고 있었다. 아이는 계속 꿀, 꿀, 거렸고 그녀는 얼어버린 듯 움직일 수가 없었다. ✂

스마트소설회 창립회원
초대합니다

스마트소설

회원이 되어 주십시오

『스마트소설』지는 '스마트소설회'를 창립하고자 합니다

회원 가입 자격은 스마트소설 관심 소설가로서

『스마트소설』 창작집을 갖고자 하는 모든 분입니다

『스마트소설』지는 회원에게 특별 주제 지면을 할애합니다

또한 회원의 저서 신구간에 대한

북 리뷰를 광고 디자인합니다

항상 독자를 생각하는 『스마트소설』지의

회원이 되어

문학의 미래를 밝혀주십시오

스마트소설회 발기위원 사룀

스마트소설 편집위원 김상혁 박인 정무늬

편집장 김주욱 010-2244-1794

편집기자 조유영 010-4392-1355

문의 접수 이메일 smart-story@naver.com

2020신춘문예 당선작가

김수영

2018년 《대전일보》 신춘문예에 단편소설 「애도의 방식」,
2020년 《조선일보》 신춘문예에 단편소설 「종이집」 당선.
e-mail : alpinesyk@naver.com

월요일 아침 일곱 시.
성칠은 태기에게 카톡을 보냈다.
답을 기다리다
문자와 이메일을 넣었고,
참다못해 전화를 걸었다.
받지 않았다

— 독자에게

안녕한 거리距離

김수영

태기는 허리에 보호대를 둘렀다. 핸드 펌프를 보호대의 바람 구멍에 끼워 공기를 주입했다. 보호대가 팽팽해지면서 허리를 살짝 들어 올렸다. 그의 찡그렸던 이마가 조금 펴졌으나 통증은 여전했다. 급한 대로 물리치료라도 받아야겠다는 생각에 그는 휴대전화로 포털 사이트를 검색했다. 주춤했던 코로나19 확진자가 두 자리 숫자로 늘어나고 있다는 기사가 눈에 띄었다. 숫자로 명명되는 사람의 기분은 어떨지 궁금했으나 그는 고개를 저었다. 묵고 있는 레지던스 근처의 정형외과 위치를 확인했다. 옆방에 머무는 인턴 성칠에게 카톡을 날렸다.

허리 디스크가 도졌어. 물리치료 받고 올게.

제가 모시고 갈까요?

아니.

태기는 휴대전화를 침대 위에 던졌다. 그는 성칠과 함께 W 프로젝트 기획안에 올인 하라며 회사가 잡아 준 레지던스에 묵고 있었다. 벽의 이쪽과 저쪽을 공유하며 바로 옆방에서 작업했으나 같이 밥을 먹은 적도, 커피를 마신 적도 없었다. 지시와 보고는 카톡과 이메일로 해결했고, 전략회의는 화상회의로 대신했다.

이는 닦고 세수도 해야겠지. 화장실로 가면서 태기는 창문 밖을 내다보았다. 햇볕은 따스해 보였고 플라타너스 이파리는 하루가 다르게 푸르러졌다. 마스크를 쓴 채 멀찌감치 떨어져 걷는 사람들을 보는데 느닷없이 마른기침이 터져 나왔다. 으슬으슬 춥기까지 했다. 그는 의자 등받이에 걸쳐놓은 후드 티를 어깨에 걸쳤다.

화장실 거울에 비친 모습을 보던 태기는 실소를 터트렸다. 운동을 계속 쉬어서일까. 수염을 안 깎아서일까. 방 안에서만 지내서일까. 나날이 가중되는 스트레스 탓일까. 어딘가 달라져 있는 자신의 모습에 그는 할 생각이 없던 면도까지 했다. 진료 시간이 끝나기 전에 가기 위해 카카오 택시를 호출했다. 차 번호와 십 분 후 도착을 확인하고 바지를 갈아입었다. 그새 살이 쪘는지 지퍼를 올리느라 애를 먹었다. 레지던스 앞 도로로 나갔다.

마스크를 쓴 학생이 태기를 빤히 쳐다보며 지나갔다. 왜? 의아해하며 태기는 살짝 옆으로 비켜섰다. 속도를 줄이며 다가오는 택시의 번호판을 확인하고는 손을 들었다. 택시 뒷좌석에 올라탔다. 룸미러로 그를 쳐다보는 운전기사와 눈이 마주쳤다. 이런. 그제야 알아차린 그는 팔뚝으로 입을 막았다. 창문을 내리는 기사에게 고개를 숙여 미안함을 표시했다. 4번과 5번 척추뼈가 들러붙어 떨어질 기미가 보이지 않았다고, 보호대를 차느라 정신이 없었다고 변명이라도 하고 싶었다. 입도 벙긋하지 못했다.

몸을 웅송그린 채 태기는 W 프로젝트 기획안을 생각했다. 기후 변화를 예측하는 모델링 작업은 지지부진했다. 빅 데이터만으로 변화의 폭이 잡힐까. 돌발변수가 전체를 뒤흔들 수도 있었다. 기온 상승 범위를 '1'로 내리는 건 불가능할지도 몰라. 그는 수정한 알고리즘이 의도대로 작동하길 바랐다. 월요일 화상회의 때 발표할 정도의 결과는 나와줘야 하는데. 요의를 느끼며 후드를 뒤집어썼다.
택시에서 내리자마자 태기는 약국부터 찾았다. 출생 연도의 마지막 숫자가 6인 것을, 5부제 실시 사실을 까맣게 잊고 있었던 자신을 원망했다. 그는 마스크 대신 파스만 사 들고 정형외과로 갔다. 임시 휴진? 굳게 닫힌 출입문을 보자 맥이 탁 풀렸다. 그냥 돌아가서 쉬자. 서 있는 빈 택시에 타려 했으나 승차를 거부당했다. 지하철역으로 갔다. 진땀을 흘리며 계단을 내려가 개찰구까지 갔으나 안으론 들어가지 못했다. 부글부글 끓는 속을 억누르며 다시 지상으로 올라왔다. 걸음을 뗄 때마다 통증을 참느라 이를 악물었다. 점점 심해지는 요의를 참아가며 삼십 분을 걸어 레지던스에 도착했다.
태기는 방광을 조이는 허리 보호대부터 풀었다. 서둘러 바지 지퍼를 내리는데 지퍼가 천을 집었는지 꿈쩍도 하지 않았다. 얼굴까지 벌게진 그는 싱크대 서랍을 뒤져 가위를 꺼내 들었다. 바지 왼쪽 주머니부터 지퍼가 있는 부분까지 잘라냈다. 급하게 화장실로 갔다. 터진 공간으로 오줌과 한숨을 한꺼번에 쏟아냈다.
침대에 쓰러지듯 누웠다. 낑낑거리며 그는 허리에 파스를 붙였다. 팔다리가 녹작지근해지면서 졸음이 몰려왔다. 전체 팀 화상회의는 월요일 두 시니까 이틀 반 정도 여유가 있었다. 조금만 쉬자. 한 시간 후로 알람을 설정하는데 성칠의 카톡이 들어왔다.
치료 잘 받으셨어요? 저녁 시켜 드릴까요? 새삼스럽게 치미는 화를 삭이며 태기는 답글을 보냈다. 나는 간단히

먹으려고. 생수와 구운 달걀 두 개만 사다 줄래? 정산은 월요일에 하자. 성칠은 문손잡이에 걸어 놓겠다는 답글과 함께 이모티콘을 보냈다. 웃는 이모티콘을 째려보며 태기는 답글을 썼다. 주말엔 각자도생해서 결과 만들고, 월요일 아침 일찍 맞춰보자고. 변동 사항 있으면 이메일로 업데이트해주고. 방해하지 말라는 당부도 잊지 않았다. 휴대전화를 무음으로 전환하고 이불을 목까지 끌어올렸다.

월요일 아침 일곱 시. 성칠은 태기에게 카톡을 보냈다. 답을 기다리다 문자와 이메일을 넣었고, 참다못해 전화를 걸었다. 받지 않았다. 벽을 몇 번 두드리다가 다시 전화를 걸었다. 묵묵부답이었다. 답답해진 성칠은 옆방인 207호 앞으로 갔다. 문손잡이에 걸어 둔 비닐봉지가 그대로 있는 것을 보았다.
무슨 일이지. 문을 흔들고 두드렸으나 대답이 없었다. 성칠은 계단을 두 칸씩 건너뛰며 일 층 프런트로 갔다. 207호 문을 열어달라고 부탁했다. 직원은 이런저런 이유를 대며 안 된다고 거절했다. 난감해진 성칠은 궁리 끝에 근처의 파출소로 갔다. 사정을 이야기하고 경찰관과 함께 레지던스로 돌아왔다. 경찰관과 성칠이 지켜보는 가운데 207호 문이 열렸다. 성칠이 먼저 안으로 들어갔다.
태기는 등을 돌린 채 침대에 누워있었다. 자는 듯 보였다. 박 과장님. 늦었어요. 이불을 걷으려던 성칠이 뒷걸음질을 쳤다. 119. 119 불러주세요.

2020신춘문예 당선작가

서장원

2020년 《동아일보》 신춘문예 단편소설 당선 등단.
e-mail: paddingtonbrown1990@gmail.com

안녕하세요?
서장원입니다
아직 소설가라고 하기는 조금 어색하네요 — 독자에게

이륙

서장원

여선은 퍼뜩 고개를 들었다. 한 참 뒤에 서있었던 것 같은데 어느새 구불구불한 라인의 맨 앞이었다. 여선은 우두커니 서서 젊은 남녀가 캐리어 가방을 저울 위로 올려놓고 무게를 다는 풍경을 지켜봤다. 직원이 화물 번호가 인쇄된 스티커를 손잡이에 감은 뒤 가방을 컨베이어 벨트로 옮겼다. 이제 여선의 차례였다. 여선은 가방을 끌며 카운터 앞으로 다가갔다. 여선은 아들의 남자친구를 만나러 올랜도로 가고 있었다.

여선의 아들은 희생자들 중에서 가장 늦게 신원이 확인되었다. 클럽에 입장할 당시 신분을 증명할 만한 물건을 지니고 있지 않았던 탓이었다. 살아남은 사람들, 참사 소식을 듣고 올랜도로 몰려온 사람들 중 아들을 알고 있는 사람은 아무도 없었다. 총상을 입고 병원으로 이송되었던 앤드류라는 청년이 '지환 최'라는 동양인 남성과 함께 있었다고 증언함으로써 뒤늦게 아들의 신원이 확인되었다. 아들은 왼쪽 가슴과 오른쪽 허벅지에 총상을 입었다. 여선은 아들의 시신을 염할 때 그 상처들을 볼 수 있었다. 상처는 깊어질수록 커지는 형태로, 잘려나간 원뿔의 모양새로 아들의 몸에 도사리고 있었다. 여선은 그 상처를 무언가로 메우고 싶었다. 저 상태로는 아들이 너무 추울 거라고 외치며 여선은 주저앉았다. 그러나 아들의 시신은 그대로 태워졌다.

앤드류는 오른쪽 어깨에 총상을 입었지만 살아남았다. 아들의 여권과, 몇몇 옷가지들은 앤드류의 집에서 발견되었다. 출국할 때 가져갔던 여행 가방에 가뿐하게 정리된 상태였다. 몸이 회복된 앤드류가 나중에 그 가방을 한국으로 보내주었다. 동봉된 메모에서 지환과 함께 여행을 떠날 예정이었다고 앤드류는 전했다. 여선은 이번 미국행에서 그를 만나게 될 거였다. 미지근하고 씁쓰름한 액체가 식도와 위장을 긁고 지나갔다. 유리창 밖으로는 비행기들이 활주로로 내려앉거나 하늘로 날아오르고 있었다. 여선은 그 모든 움직임이 지나치게 굼뜨다고 생각하며 창밖을 내다보았다. 조금 전 여선의 앞에 서 있던 젊은 연인이 카메라를 유리창에 바짝 붙인 채 연신 셔터를 누르고 있었다. 여선은 남은 커피를 단숨에 들이켠 뒤 종이컵을 쓰레기통에 던져 넣었다.

지난 달에 앤드류가 이메일을 보내왔다. 올랜도에서 열리는 추도식에서 지환을 위해 많은 사람들이 기도했다는 내용이었다. 클럽이 있던 자리에 마련된 작은 재단과 꽃다발들, 그리고 기도하는 사람들이 보였다. 앤드류가 메일을 보냈을 때엔 이미 추도식은 끝났지만, 여선은 그곳에 가보고 싶다고 생각했다. 그리고 곧바로 비행기 티켓을 예약했다. 여선의 남편과 딸은 여행을 반대했다. 남편과 딸은 앤드류 같은 사람들이 아들의 죽음을 곡해한다고 믿었다. 곡해라고 까지는 할 수 없지만, 많은 사람이 아들의 죽음에 이런저런 의미를 덧붙이기 위해 노력한 것은 사실이었다. 아들의 죽음 이후 그들은 여선의 가족을 찾아왔다. 광화문에서 올랜도의 희생자들을 위한 추모 집회를 열 것이라는 편지가 온 것부터가 시작이었다. 발신인은 성소수자들의 인권을 보호하는 단체라고 적혀있었다. 남편은 발광하듯 편지를 찢었다. "웃기고들 있어." 남편은 그렇게 말했다. 이후로는 아들에 대한 기사를 쓰겠다는 기자들이 종종 찾아왔다. 기독교도들이 찾아와 가족들이 회개하여 아드님의 죄를 씻어주라는 내용의 편지를 두고 간 것도 여러 번이었다.

비행기가 이륙하기 시작했다. 양쪽 귀가 하나의 줄로 꿰어진 듯 아려와 여선은 미간을 찌푸렸다. 이륙에 가속도가 붙으면서 기체가 진동하듯 흔들렸다. 여선은 머리 위 선반에 올려둔 캐리어를 생각했고, 그 안에 담긴 아들의 유골을 생각했다. 여선은 아들의 유골을 한 스푼 가지고 왔다. 올랜도에 뿌릴 작정이었다. 아들의 일부를 그곳에 두고 오는 것이 마땅하다고 여선은 생각했다.

"엄마, 난 여기 남고 싶어요."

올랜도에 있는 한 사립 대학에서 첫 학기를 시작한지 겨우 보름쯤 되었을 때, 아들은 전화를 걸어 그런 이야기를 했었다. 여선은 아침잠에 취한 채 전화를 받았다가 그 말에 웃음을 터뜨렸었다. 한 달만 지나도 생각이 바뀔 거라고 여선은 장담했다. 아들이 다시는 그런 이야기를 꺼내지 않았으므로, 여선은 그 아침의 대화를 완전히 잊어버리고 지냈었다. 그러나 아들의 죽음 이후, 그때 수화기 너머로 전해지던 아들의 목소리는 점점 또렷해졌다. 그러므로 여선은 아들의 육신 일부를 가지고 올랜도로 향했다. 마침내 비행기가 공중에서 수평을 이루었다. 여선은 지상의 모든 것에서 마침내 완전히 떨어져나왔다.

"난 여기 있고 싶구나."

여선은 창밖으로 엷게 펼쳐진 구름을 바라보면서 그렇게 중얼거렸다. ⚘

2020신춘문예 당선작가

송경혁

충북 청주 출생.
2020년 《경상일보》 신춘문예 소설 당선.
전업 소설가.
e-mail : skh10000@naver.com

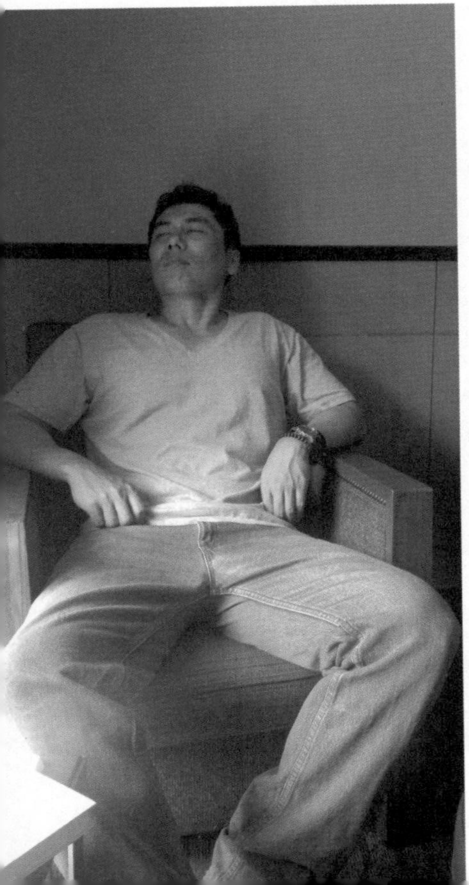

사진 설명 I 한여름 노동을 마치고 카페에서 휴식을 취하던 때 _ 94p I 맥주를 시키고 기분이 좋아짐 _ 95p 상 I 나를 핥는 개와 나 _ 95p 중 I 나를 올라탄 고양이와 나 _ 95p 하

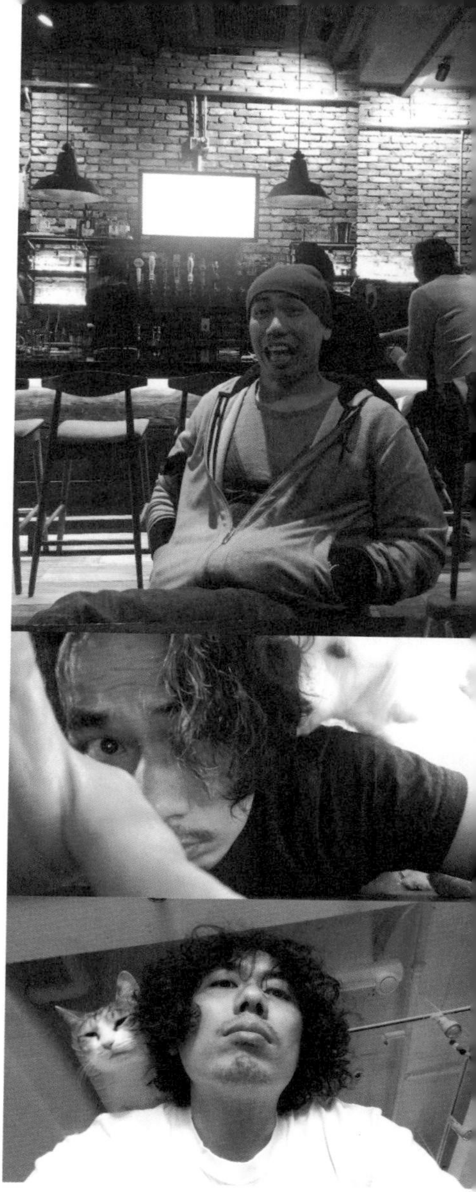

아침부터 해장국에 소주를 마시거나 헬스장에서 매일 똑같은 루틴의 운동만 하는 어른들을 보며 나는 저러지 말아야지 하던 때가 있었다. 시간이 한참 흐른 어느 일요일 오전, 반나절에 그 두 개를 다 해버린 나를 보며 문득 놀란다. 그러나 이제는 그러지 말아야 할 이유를 찾지 못한다 — 독자에게

세탁

송경혁

법원으로부터 문자가 도착했다. 신청한 개명요청을 받아들인다는 내용이었다. 같이 살던 짐승이 도망간 날이었다. 퇴근하고 집에 왔을 때, 녀석은 사라지고 없었다. 이불에는 누런 오줌이 진하게 배어 있었다. 아침에 창문을 닫지 않고 출근한 것이 떠올랐지만, 그 이유에 대해서는 생각하지 않았다. 나는, 그 동물을 데려오는 날부터 헤어지기로 약속한 것 같았다.
그 동물을 데려왔다는 사실을 아무에게도 말하지 않았다. 그리고 그 동물과 헤어졌다는 사실 역시 아무에게도 말하지 않겠다. 말해봐야 집을 나가도록 방치했다는 비난이나 들을 것이다. 이혼했을 때 사람들이 나에게 했던 것처럼 말이다.

동물이 이불에 오줌을 쌀 때마다 코인빨래방에 갔었다. 이제는 빨래방에 가는 것이 습관이 되었다. 그 동물이 사라져 이불에 오줌이 밸 일이 없었음에도 그랬다. 그러나 어찌 된 일인지 오줌 얼룩은 빨래를 거듭해도 완전히 지워지지 않았다.
이제 빨래방에서는 작은 흥분조차 느낀다. 날카로운 바늘을 움직여 째깍대는 벽시계는 절도가 있다. 날벌레들을 죽이며 모닥불이 타는 소리를 내는 전기 포충기는 낭만적이다. 나는 세탁기의 소리에 동조한다. 가슴에 심장 대신 세탁기 모터라도 들어있는지 모른다. 사방이 하얀 페인트로 칠해진 코인빨래방에서는 굳이 무언가를 떠올리며 생각하지 않아도 된다. 생각하지 않는 자는 죽은 것과 같다는 말을 들었었다. 하지만 나는 죽지 않는다. 몸은 생각하지 않아도 움직인다. 생각하지 않아도 내 몸은 세탁기 속 이불을 꺼내 건조기에 넣어 돌린다. 죽어있다면 일어날 수 없는 일이다.

누군가 문을 열고 들어온다. 그는 정장을 입었다. 손으로는 이케아 쇼핑백을 들고 있다. 코인빨래방에 갈 땐 이케아 쇼핑백을 가져가야 한다는 포스팅이라도 읽고 사 온 것처럼 쇼핑백이 깨끗하다. 그는 꼭 나 같다. 내가 그랬다. 그가 쇼핑백에서 꺼낸 빨래는 수건 몇 개가 전부였다. 그는 불룩한 주머니에서 오백 원짜리 동전들을 한 움큼 꺼내더니 째진 듯 뚫려있는 동전 입구에 집어넣었다. 나는 그를 멀거니 보고 있다가 동전이 세 개째 들어간 후에야 뭔가 이상하다는 것을 깨달았다. 내 빨래가 들어있는 건조기의 남은 가동시간이 점점 늘어났던 까닭이다.
"아닌데요."
나도 모르게 말을 해버리고 말았다.

"거기 아니라고요."
건조기는 두 대가 위아래 2단으로 놓여있었고 동전 투입구 두 개는 그사이에 뚫려있었다. 남자는 동전투입구가 어떤 건조기의 것인지 혼동했던 것이다. 나도 그랬었다. 그러나 남자가 혼동한 것은 동전투입구 뿐은 아니었다.
"세탁은 안 하세요?"
나는 다시 그에게 말을 걸었다. 세탁도 하지 않고 건조기부터 돌리는 사람을 아직 보지 못했다. 몇 초의 적막이 흐른다. 그는 빨래를 하러 온 것일까. 그는 무슨 생각을 하고 있을까. 내가 그라면 이 머쓱한 상황을 견디지 못하고 이 공간 밖으로 나가는 것을 택했을지 모른다.

"아, 제가 처음이라……."

그는 어정쩡하게 서 있다가 벽에 붙은 사용설명서를 읽더니 '아, 이게 아니구나' 하며 건조기에서 빨랫감을 꺼내 세탁기로 옮겨 넣었다. 그러면서도 '천오백원은 안 주셔도 됩니다'라는 말은 잊지 않았다.

나의 빨래는 끝났어야 했지만 남자 덕분에 건조기가 멈추는 시간이 15분 후로 늦춰졌다. 오백원짜리를 무한히 넣으면 건조기가 정지하는 때가 언제인지 궁금했다. 기다란 탁자 앞에 앉아 건조기 속 빨래가 멈출 때까지 바라보았다. 건조기에 표시된 15라는 수가 1씩 줄어 0이 될 때까지였다. 그동안이 길게 느껴졌다. 벽시계를 바라보니 그동안 벽시계의 분침은 열아홉 칸을 지나고 있었다. 둘 중 최소 하나는 사람들이 정한 규칙대로 움직이지 않았다. 15분이 지나긴 한 것일까.

나는 건조기의 문을 열었다. 뜨거운 공기가 후끈하게 얼굴을 덮쳤다. 바싹 마른 빨랫감의 까슬까슬한 감촉과 향기로운 세제 냄새가 좋았다. 나는 뜨끈한 이불을 건조기에서 꺼내 이케아 쇼핑백에 담아 빨래방을 나왔다.

그러고 보니 15분간 남자가 무얼 하고 있었는지 기억나지 않았다. 그가 "이 기계, 세탁은 잘 되던가요" 하고 물은 것도 같지만, 기억은 정확치 않다. 남자를 다시 만나면 어떤 얼룩은 빠지지 않는다고 이야기해줘야 할지도 모른다.

집에 도착하여 에어컨을 켜고 건조기에서 받은 온기가 충분히 남아있는 이불을 덮었다. 노곤해진 몸도 바닥에 가라앉히듯 붙여 보았다.
전화가 왔다. 저 너머의 사람이 처음으로 한 말은 곽상호가 맞느냐는 물음이었다. 나는 대답했다.
"아닌데요."
그리고 내가 곽상호든 아니든 자정이 넘은 시간에 전화를 거는 것은 맞는 것이냐 되물었다. 그는 한층 누그러진 목소리로 곽상호의 아내였던 사람이 죽어서요, 죄송합니다, 그러고는 끊었다.

지금 내가 쓰는 이름이 곽상호가 아니었으므로, 아니라고 했다. 나는 꽤 뒤척이며 잠을 이루지 못했다. 껄끄럽게 무언가가 계속 내 속을 긁어댔기 때문이다. 나는 참지 못하고 누워서 입 밖으로 소리를 내어 말했다.
"전에 그 이름을 쓴 적이 있었죠."
내 입에서 나온 그 말은 개명한 이름을 누렇게 오염시키는 것 같았다. 벌어진 내 입에서 보이지 않는 무언가가 날숨과 함께 끝없이 터져나가고 있었다.

2020신춘문예 당선작가

신종원

2020년 《한국일보》 신춘문예 당선. e-mail:anajin@kakao.com

어떤 속도 안에 남겨질 때마다 실은 내가 어디로도 가고 있지 않은 게 아닐까 착각하게 된다. 하지만 네비게이션 화면 안의 납작한 좌표 기호 하나는 끊임없이 움직이고, 이동한다. 가만히 있는 건 속도가 될 수 없는지? 나는 다만 하나의 속도이고 싶다 — 독자에게

치수재기

신종원

당신은 실내에 있다. 정확히는 어느 다세대 주택의 1층 현관이다. 시간은 아마도 오전 여섯 시. 밤새 쌓인 눈이 새벽녘 어스름 속에서 은은한 빛을 낸다. 무언가 밟고 지나간 흔적은 없다. 어디에도. 그야말로 순수한 눈밭이다. 당신과 눈 사이에 놓여 있는 유리문 하나. 30mm 두께의 얼음덩어리 같은. 당신은 이것을 통해서 바깥을 본다. 입김을 불어도 좋다. 이 투명한 물질 표면 위로 번져나가는 수증기는 당신과 체중이 거의 같다. 혼령처럼. 놀라지 말고. 이제 바깥을 보기.

주택가의 가로등 불빛들은 하나같이 소등되어 있다. 얼마 후면 날이 밝겠지만, 아직은 아니다. 아직은. 아직은 어둡다. 멀리서 어떤 소리가 다가온다. 비척거리며 걸어오는 그림자를 당신은 알아볼 수 있다. 약한 고형 상태의 눈더미들로부터 간신히 발을 꺼내는 한 사람 몫의 걸음걸이를. 쌓인 눈의 높이는 한 뼘쯤. 공기 중에서 건조해지고 오그라든 당신의 손가락 기준으로.

한편, 젖어서 반들거리는 검은색 부츠. 당신은 한 발 한 발 당신과 가까워지는 겨울 신발 한 짝을 조용히 지켜본다. 발목 부위와 복숭아뼈를 부드럽게 감싸고 있는 라텍스 밴딩 같은 것들. 눈더미 위에 남겨지는 독특한 패턴의 이탈리아식 아웃솔까지도. 당신은 이런 것에 관심이 많다. 사박사박. 또는 소복소복? 어둠 속에서 만들어지는 운율을 기분 좋게 듣는 당신.

어느 사이엔가 그는 건물 앞에 다다르게 된다. 주머니 안감을 꼭 쥐고 있던 손이 겨우 바깥으로 빠져나온다. 경미한 동상 징후로 빨갛게 부어 있는 손을 당신은 알아본다. 덜컹. 유리문이 열려 있는 시간은 아주 잠깐이다. 영하의 추위가 당신을 두드리고 흔든다. 당신은 없는 옷깃을 찾아 여미려고 허공에서 허우적거린다. 그러거나 말거나. 남자는 우편함을 뒤적인다. 양철 투입구 바깥으로 서류 몇 장이 일부 튀어나와 있다. 이들은 남자의 손 안에 한꺼번에 쥐어진다. 그가 종이를 한 장 넘길 때마다 당신은 그것의 용도를 헤아려 본다. 노란 재생용지에 인쇄된 공과금 명세서가 세 장. 겉면이 연꽃 그림으로 장식된 연하장이 둘. 그리고 보기 드문 방식으로 봉인된 편지 봉투 하나. 남자의 양쪽 눈썹과 콧등 주름이 잠시 꿈틀거린다. 봉투 속에는 반쪽으로 접힌 A5 크기의 카드 한 장이 들어 있다. 남자는 몇 줄 안 되는 문장을 여러 번 되돌아가 다시 읽는다. 목소리는 거의 들리지 않는다. 입 모양을 주의 깊게 지켜보면,

A 선생님께.

A 선생님, 안녕하세요.

먼저 당선을 축하드립니다. 기쁜 소식으로 새해를 맞는 기분이 어떠신가요.

저희는 서울에서 특별한 양복을 만들고 있는 사람들입니다.

이번에 발표된 작가님의 소설을 여러 번 읽어보았는데요.

저희 테일러 숍에서 옷을 맞춤 의상을 한 벌 만들어드리면 어떨까 생각했습니다.

괜찮으시다면 시상식 전에 한 번 방문해주셨으면 합니다.

치수재기와 가봉 과정이 필요합니다.

아래 찾아오시는 길과 연락처를 남깁니다.

다시 한번 당선을 축하드립니다.
소중한 마음을 담아.
H 실장 드림.

이튿날. 남자는 좁은 길목 한쪽에 서 있다. 검은 장우산이 왼손에. 불빛이 약한 스마트폰 화면이 오른손에. 양손에 들이는 힘은 얼추 같다. 위치는 북촌 한옥마을의 어디쯤이다. 어귀는 일찍이 지나왔다. 다만 정확한 장소를 찾지 못하는 것이다. 디지털 맵의 길안내가 끝난 지점. 전통 가옥과 수공예 공방들에 둘러싸인 채, 남자는 아마도 길을 잃었다. 이제 당신이 나설 차례. 당신은 땅에 버려진 쓰레기 하나를 툭 걷어찬다. 빗물에 젖은 알루미늄 깡통이 데굴데굴 굴러간다. 요란한 소리가 뒤따른다. 길눈이 어두운 이들의 이목을 끌기 좋은 신호다. 두리번거리는 남자의 머리. 놀라지 말고. 깡통이 멈춘 건물로 가.

잠긴 문이 열리기를 기다리는 동안 남자는 우산을 접고, 외투에 묻은 빗방울 얼마를 털고, 건물의 면면을 살펴본다. 이를테면 같은 골목 안의 건물들과 다른 점. 건축용 목재나 재래식 종이 대신 통유리로 마감됨. 바깥에서도 훤히 들여다보이는 내부 공간의 무덤덤한 표정. 천장에서 내리쬐는 조명 장식등은 밝은 곳과 어두운 곳의 색 표현이 뚜렷해서 온도차마저 느껴진다. 옷걸이에 걸린 말쑥한 양복들을 좀 보라. 당신은 이들 원단에 배어 있는 빛과 온기를 읽을 수 있다. 그들 각각이 이 수수께끼 양복점의 주인들이다. 그런 사실이 틀림없다.

남자를 안으로 들여보내자. 반겨줄 사람은 없겠지만. 안으로 들어서자 남자의 등 뒤로 잠금장치가 닫힌다. 남자는 양복들에 둘러싸여 있다. 공기가 자못 무겁다고 느낀다. 전시된 의류는 대부분 브래드포드나 허더즈필드와 같은 이스트앵글리아

산 양모 섬유를 쓴 것이다. 오직 당신만이 이것을 알아본다. 이 직물 목장들의 특산품은 이중 직조가 원칙이라는 사실도. 끈질긴 짜임새를 나타내는 기하학적인 패턴이 옷 전체를 감싸고 있는 것이다. 원단을 성형할 때 날리는 보푸라기와 먼지 일부가 아직까지 공중에 남아 있다. 남자의 후각 점막을 자극하는 쿰쿰한 냄새는 거기서 오는 것이다. 눈에는 보이지 않지만. 양복 두 벌이 2층에서 기다리고 있다. 안에 들어갈 몸은 비어 있는 상태로. 양복 한 벌은 줄자를 들고 있고, 다른 한 벌은 노트를 들고 있다. 줄자를 쥔 양복이 남자를 거울 앞으로 이끌고 간다. 남자의 외투를 벗기자. 윤곽이 뚜렷한 몸뚱이 하나를 우리 앞에 드러내자. 줄자의 스프링을 당겨라. 대화는 필요하지 않다. 사각거림 소리만으로 충분하다. 일자어깨. 앞가슴 나옴. 하부 반신체형. 이런 것들. 총장. 상동. 앞품. 뒤품. 중동. 이런 것들. 이렇게 해서 남자의 신체 데이터가 완성된다. 단위는 인치. 한국 재단법의 기준을 따르는 것이다. 노트를 들고 있던 양복이 남자의 앞으로 다가온다. 쓰는 면을 보여준다. **이제 돌아가셔도 좋습니다.** 남자가 묻는다. **이게 끝인가요?** 양복이 노트에 무언가를 받아 적는다. 그런 다음, 보여준다. **오늘은 그렇습니다.** 계단 쪽으로 안내하는 손에 편지 봉투 하나가 들려 있다. 남자는 그것을 슬쩍 받아든다. 계단을 내려간다. 양옆에서 그를 내려다보는 양복 몇 벌을 번갈아 올려다본다. 문이 열린다. 우산은 펴지 않아도 좋다. 비가 그쳤으니까. 남자는 편지 봉투의 겉을 뜯는다. 조심스럽게. 바보 같은 실수로 안쪽의 내용물이 훼손되지 않도록. 반쪽으로 접힌 A5 크기의 카드 한 장이 바깥으로 빠져나온다. 그는 몇 줄 안 되는 문장을 여러 번 되돌아가 다시 읽는다. 목소리는 거의 들리지 않는다.

A 선생님께.

A 선생님, 안녕하세요.

먼 길 오시느라 수고하셨습니다. 치수재기는 이번이 처음이신가요?

저희 모습을 보고 놀라지는 않으셨는지요?

저희는 이름 없는 재단사. 원단을 꿰는 바느질. 사브작거리는 가위질입니다.

그렇게 생각해주시면 감사하겠습니다.

오늘 치수재기를 통해 얻은 사이즈에 맞춰 가봉에 들어갑니다.

다음 방문일은 2주 뒤입니다.

어떤 옷을 만들어 드릴지는 아직 정하지 않았습니다.

다만 한 가지 부탁을 드려도 좋을까요?

저희에 관해 짧은 소설을 써주셨으면 합니다. 내용은 아무래도 좋습니다.

소중한 마음을 담아.

H 실장 드림.

주위가 어둑해지기 시작한다. 길목 안의 각기 다른 전등들이 하나둘 밝혀진다. 그러는 가운데 뒤를 돌아보는 사람. 그는 건물의 면면을 천천히 살펴본다. 그곳에 들어갔다가 다시 나왔던 경로를 따라. 아래에서 위로 한 번. 위에서 아래로 한 번. 문은 잠겨 있을 것이다. 당겨보지 않아도 알 수 있다. 남자는 등을 돌린다. 너비가 좁은 길목 안의 행인 몇몇 사이에 섞인다. 그리고 그런 그를 지켜보는 당신. 그가 길목을 빠져나가서 보이지 않는 이미지가 될 때까지. 계속.

이제 가봉에 들어가야 한다. ✂

사진 설명 | 사람이 아니라 카메라를 바라볼 때만 확인할 수 있는 표정 _ 100p
| 바이크를 타던 한때 같이 다니던 친구가 찍어준 사진 _ 101p 107p

2020신춘문예 당선작가

오은숙

2020년 《전북일보》 신춘문예 당선. 현재 요양병원 근무.

믿음은 배신으로 선명은 빛바램으로

삶이 그렇게 우리를 짓눌러도

살아 있기에 가능한 모든 선한 것에 경의를 — 독자에게

사진 설명 | 인도 뭄바이에서 아그라로 가던 길에 만난 노르웨이 청년. 잉부를 나는 가끔 추억한다 _ 108p | 지심도 오르막길 _ 109p 상 | 크리스마스 전날 명동에서 _ 109p 하

하늘에서 별이 내려와

오은숙

모래사장에 벗어 놓은 샌들이 파도에 쓸려간 후 그녀는 그를 만났다. 상가라고는 횟집 몇 개가 전부인 바닷가 주차장에서 그가 차 문을 열고 자신의 슬리퍼를 꺼내 그녀에게 건넸다. 인적 드문 바닷가에서 만난 그들은 서로가 230킬로미터나 떨어진 같은 곳에서 왔다는 것을 알고 반가워했다. 그녀는 짠내 가득한 바닷가에서 맨발로 있었는데 달콤한 바람을 타고 그가 왔다며 그를 운명으로 여겼다. 다른 지방에서 자란 그녀와 내가 노량진 학원에서 만나 임용고시를 준비하는 것과 같은 확률을 두고.
인터넷 강의를 듣고 있을 때 그녀의 전화를 받았다. 그와 말다툼을 한 뒤로 그가 전화를 받지 않는다고 했다. 전에도 그런 적이 몇 번 있었는데 그럴 때마다 카톡으로 연락을 해서 이번에도 여러 차례 톡을 보냈지만 읽고 답이 없다고. 그녀보다 연애 경험이 많은 나는 거칠게 말했다. 까인 거야. 정신 차려. 그녀는 문제 해결 방식에 있어 남녀가 다른 것이라며 그를 두둔했다. 동굴 속으로 들어가 생각을 정리하는 것뿐이라면서도 나를 붙들고 푸념했다. 바다 갔을 거야. 여자 꼬시러. 수십 개의 슬리퍼를 차에 싣고서. 어깃장 같은 나의 확신이었다. 그녀가 이별을 받아들이지 못하여 말을 덧붙였다. 화학반응이 최고 3년이라는데. 이젠 정말 끝난 거지. 그녀가 운명인데, 하며 시무룩하게 말끝을 흐렸다. 그녀가 흘렸을 눈물을 생각하면 그는 운명이 아니라 바람이었다. 너무 강렬해서 웬만해선 잊을 수 없는 짠내를 품은 바람.

두 달이 흘렀다. 늦은 시간이었고 넓은 홀은 손님이 없어서 휑했다. 그녀가 실연을 인정하기에 좋은 카페였다. 나는 얼음 넣은 아이스아메리카노와 다즐링을 주문한 뒤 입을 열었다.

사귀다 헤어지면 매일같이 긴 하루야. 그러다 답답증이 밀려오고 가쁜 숨만 쉬다가 놓게 돼 있어. 붙잡으려고 버둥거렸던 것부터 하나씩.

나는 그녀에게 기운을 불어넣었다. 똥차 가면 벤츠 온다는 말로 그를 사물화시킴으로써 그녀의 가치를 올려주었다. 그녀는 연애의 한가운데 있었다. 내 말에 고개만 끄덕이다 차를 연거푸 마셨다. 그러더니 멋쩍게 자랑하듯 고개를 뒤로 젖히면서 휴대전화를 내밀었다. 카톡 창이 열려 있었다.

내 신발 신는 걸 영광으로 알아.

아무렴요. 영광을 잃어버리지 않도록 조심할게요.

그게 너야?

응. 이게 나야.

그러다가 바람처럼 가겠지.

구름을 잡으려고 계속 비를 맞을 수는 없잖아요. 그러다가 감기 걸려 죽어요.

그래도 내 신발 신는 걸 영광으로 알아.

그럼요. 누구에게도 내어준 적 없는 신이란 걸 알죠.

그렇지. 아무한테도 안 줬지. 내 신을.

내게도 신이 있어요. 이젠 내 신(神)이에요. 돌려달라고 하기 전까지는.

ㅡㅡ

??

외계어를 읽는 기분이었다. 뒤로 이어지는 톡은 전부 그녀 것이었다. 그녀가 일주일에서 열흘 간격으로 톡을 계속 날린 것이었다. 그녀는 고개를 숙이며 말했다.
톡이 사람을 외롭게 만들어. 참고 참다 감정을 쏟아내. 삭제했던 앱을 설치해서 톡을 보내고 1이 없어지기를 기다려. 1이 없어지면 그가 옆에 있다는 착각에 빠져. 그도 나를 기다리고 있었다는 생각에 가슴을 쓸어. 톡폭탄이 폭력이란 것을 알면서도 그만두지 못해…….
그녀는 실연을 인정하기는커녕 '그'라는 늪에서 빠져나올 생각이 없는 듯했다. 상황을 즐기는 것처럼 보였다. 기출문제를 풀어야 할 시간에 그녀와 마주 앉아 얘기를 이어가는 내가 한심해졌다.
그녀는 두 번째 물을 부어 우려낸 다즐링 차를 잔에 따랐다. 위로해주려고 시간을 내서 만났으나 그에게서 빠져나오지 못하는 그녀를 보자 나는 속이 뒤틀렸다.
너두 진짜 싸가지 없어.
고상한 척하지마. 역겨워.
찻잔을 내려놓던 그녀의 목소리가 나지막했다. 깨진 접시와 신기루. 거기에 더해진 그녀의 상처가 보였다. 그녀는 끝난 관계에 매달려서 바닥을 보였다. 남자든 여자든 미련 떠는 모습은 딱 질색이었다.
넌 절대 가질 수 없는 것. 파괴 속 창조.
차를 술처럼 마시던 그녀의 목소리가 냉소적이었다. 차에 취해 몸을 가누지 못하던 그녀를 두고 자리를 박차고 나왔다. 밖은 이미 어두웠고 하늘에는 별이 떠 있었다. 올해는 합격하게 해주세요, 하고 별을 보고 빌었다. 그리고 화장실을 나오면서 생각했다. 오늘이 마지막이다. 너만 하는 줄로 착각하는 고달픈 연애사를 들어주는 것도. 자리로 돌아왔을 때 그녀가 테이블을 잡고 흐느적거리다 창밖을 보며 중얼거렸다.
하늘의 별들이 모두 너야. 하나만 있어도 좋은데 저렇게 많아. 그런데 또, 매일같이 하늘에서 별이 내려와. 나는 날마다 별들이 삐죽삐죽 솟아난 별밭을 걸어. 상처난 맨발로 딛고 손으로 만져. 찬찬히 들여다보기도 해. 그래도 아프지 않아. 너라고 불렀던 별들이 부서졌어. 부딪히고 밟혀서 가루가 됐어. 가루로 변한 별밭 위에 홀로 있어도 그걸 즐겨야 해. 나는 아마 그럴 거야. 그래도 좋아. 오늘도 하늘에서 별이 내려와.

그녀의 얼굴이 화사했다. 새로운 연애를 시작한 것처럼. 일 년 전 나눈 대화를 끝으로 그녀는 그에 대한 어떤 말도 하지 않았다. 다즐링 차를 앞에 두고 그녀가 한 남자와 여자의 대화를 들려주었다.
동굴 속에서 뭐했어?
바다 갔는데.
전엔 그럴 때 동굴 갔잖아.
전에도 바다 갔지. 우리가 바다에서 만난 거 몰라.
네가 한 말이 떠올랐어. 여자 꼬시러 바다 갔다던, 하고 그녀의 눈이 말했다. 그의 표정이 너무 태연해서 무슨 상관이람 했지. 그렇게 다시 만나게 됐어. 붉은 꽃이 말라 죽은 자리에 노란 꽃이 핀 거야, 하고 그녀가 말을 마쳤다.
우리는 사위가 어둑해질 때 커피숍을 나왔다. 교사가 된 그녀는 그를 만나러 간다며 지하철 역사 안으로 들어갔다. 나는 버스정류장으로 터벅터벅 걸었다. 노량진행 버스를 기다리는 내 또래의 젊은 남녀가 모두 혼자였다. 밤하늘을 올려다보았다. 오늘도 하늘에서 별이 내려와, 했던 그녀의 목소리가 귓가에 울렸다. ✈

2020신춘문예 당선작가

이경미

2007년 『기독교문예』 시 등단. 2009년 《창조문학신문》 시 당선. 2012년 오월 문학상 소설 가작. 2020년 《경남신문》 신춘문예 단편소설 당선. 압화 작가.

내가 글 쓰는 것을 두려워하면서도 좋아하고, 말의 정직성 신뢰하기를 좋아하듯 또 다른 누군가는 말을 기만하기 좋아한다. 뱉는 순간 자신과 세상이 전복되더라도 기만을 택하는 사람이 있더라. 그래서 진실이란 단어가 생겨나지 않았을까? — 독자에게

에버그린

이경미

연주는 펜션 입구로 들어서며 건물 외형이 십이 년 전과 별반 달라진 것이 없음을 느꼈다. 반갑기도 했지만 어딘가 옥죄어 오는 것 같았다. 군청 홈페이지 구인구직란에서 '펜션 에버그린 알바 구함'을 발견하고 바로 전화한 건 일을 찾는 중이기도 했으나 와보고 싶은 마음이 컸다. 현이 다섯 살 때 이곳에서 일박을 하고 그 다음 어디로 갔지? 연주는 생각해 보지만 가물가물했다. 다음 날인가 그 다음 날인가 도시의 경계를 지나고 또 지나서 복지원으로 현을 데려다줬었다. 다른 방도가 없었다.

세탁실로 가자 나흘간 자리를 비우는 실장이 둔 쪽지가 눈에 들어왔다. 해야 할 일이 순서대로 빽빽하게 적혀 있었다. 만만치 않아 보였다. 연주는 청소 도구를 챙겨들고 세탁실 옆 객실로 갔다. 마음 같아서는 현과 묵었던 방으로 가고 싶지만 일층 객실 두 개를 치우며 일을 빨리 익혀야 했다. 객실을 한창 치우는데 젊은 여자 두 명이 왔다. 이층 현과 묵었던 객실을 예약한 팀이었다.

연주는 휴대폰으로 시간을 확인하며 지금은 입실 시간이 아니라고 했고 난감해하는 모습에 주변을 한 바퀴 돌고 오는 동안 청소해 두겠다고 말했다.

갑자기 바빠진 상황에 머리가 복잡했고 쿵쾅거리는 가슴을 달래느라 신경을 곤두세웠다.

부랴부랴 청소 도구를 챙겨 이층 그녀들이 쓸 객실로 갔다. 시큼한 냄새가 진동했다. 싱크대와 잇닿아 있는 세 평 정도의 거실이 쓰레기장이었다. 여기저기 먹다 남은 과자 봉지와 찌그러진 맥주 깡통, 붉은 얼룩이 밴 수건을 주우며 침실 쪽으로 갔다. 밟는 곳마다 과자 부스러기고 찐득한 것이 달라붙었다. 설거지거리가 뒤죽박죽으로 쌓인 개수대, 침대 위 뭉쳐진 이불과 벽 곳곳에 붉은 소스가 튄 얼룩. 연주는 어디부터 손을 대야 할지 막막했다.

뭔가 시커멓게 눌어붙은 냄비와 색이 다른 끈끈한 소스가 덩이져 있는 밥그릇과 종지들, 기름이 떡 진 칼과 도마, 유리컵들을 뜨거운 물로 씻고 쓰레기통에 넘치는 오그라진 맥주 캔과 과자봉지들을 정리해 밖으로 내놓았다. '썬칩'이라고 박혀 있는 봉지는 오랜만에 보는 것이었다. 현이 이곳으로 오는 동안 줄곧 바사삭, 부서지는 소리를 내며 먹었던, 바비큐 장에서 삼겹살을 구워 내밀어도 봉지에만 손을 집어넣던 그것이었다. 웬일이야. 연주는 찌푸린 얼굴로 신기하다는 듯 한마디 하고 벽을 닦았다. 자잘한 덩이가 섞여 진득한 그것은 물 티슈로 박박 문질러도 지워지지 않았다. 세상에. 연주는 탄식하듯 내뱉으며 청소 바구니를 뒤졌다. 에어컨 켜는 것도 잊고 땀을 흘리며 걸레에 세제를 묻혀 다시 닦았다. 얼룩은 조금 엷어졌지만 진전이 없었다. 얼룩만 닦고 있을 시간이 없었다. 연주는 무릎으로 기며 보이는 대로 바닥이고 벽이고 닦다가 이 진한 액체는 단지 알 수 없는 이들의 조심성 없는 행동 때문이 아니라 부러 묻힌 것이라는 생각이 들었다. 이 펜션에 무슨 원한이 있든지, 정신이 온전치 못한 자들이든지, 연주의 생을 어떻게든 혹독하게 몰아붙이려는 신의 계략 중 하나일 것이다. 연주는 쉼 없이 움직이며 그런데 하필 왜 나여야 할까, 라는 질문에 이르러 분노가 뻗쳤다.
아, 날씨 좋다. 그러게. 주변을 돌아보러 나갔던 그녀들의 음성이었다. 연주는 재빨리 침구 커버를 갈고 청소기를 돌렸다. 머리카락 한 올이 인터넷에 별 하나를 줄이고 댓글로 나타난다고 했다. 청소기를 침대 아래로 쑥 집어넣었다. 덜그럭, 소리가 났다. 악력기였다. 미친. 연주는 입술을 비틀며 뭉쳐놓은 빨랫감 위로 그것을 던지고 청소기를 마저 돌렸다. 양변기와 세면대, 개수대에 물기를 제거하고 부랴부랴 빨랫감과 청소 도구들을 세 번에 걸쳐 나른 뒤 그녀들을 입실시켰다.
문자 알람이 울렸다. 실장이 객실 예약자 이름과 인원을 보내왔다. 연주는 실장에게 방금 청소한 객실 상태를 소상히 적어 보냈다. 고생했다며 안 그래도 어려 보이는 남자 애들이 셋이라 좀 그렇다 싶었는데,라고 답장이 왔다. 얼룩 때문에 인터넷에 댓글이 달리기라도 하면 옴팍 뒤집어 쓸 수도 있어 보낸 문자였는데, 남자애 셋이라니? 연주는 실장에게 전화해 남자애들이 몇 살인지 물었다. 열여덟이나 아홉쯤으로 보였다고 했다.
이틀 동안 비가 내렸다. 연주는 이동 수단이라고는 하루 세 번 있는 버스가 전부라 빈 객실에서 눅눅한 빨래를 뒤적이며 악력기를 만지작거렸다.
그날이 영화의 장면처럼 하나씩 떠올랐다 시외버스터미널 매점에서 썬칩을 고른 현이 악력기를 보고 이것도, 하며 집었다. 원장 할아버지 손에 들려 있던 것이라며 힘이 세어지려면 이게 있어야 한다고 했었다. 다섯 살 현이 다음 날, 눈물 한 방울 보이지 않고 연주의 손을 놓고 복지원으로 들어갔다. 그 뒤 종종 생각났지만 현을 만날 자신이 없었다. 그리고 잊었다. 잊은 것이 아니라 살기 바빴다.

어디선가 아이 울음소리가 들렸다. 연주는 식탁 의자에 앉아 방충망 너머를 바라보았다. 바로 옆 객실에서 일박한 가족이 움직이는 모양이었다. 어느새 비가 그쳐 있었다. 여섯 살쯤으로 보이는 남자아이는 서럽게 울며 젊은 여자의 손에 이끌려 마당으로 나왔다. 중년으로 보이는 남자가 뒤이어 나타나 말했다.

"사내자식이 그렇게 울면 쓰나."

"아니, 애 그냥 우는 거 아냐, 울 일이 있어 우는 거야."

여자는 쪼그리고 앉아 우는 아이를 껴안고 가슴을 내주었다. 아이는 여자의 목을 그러안고 서럽게 울었다. 얼굴이 건너편 숲을 향해 있었다. 길어질 것 같은 울음은 길지 않았다. 세 사람은 곧 차에 올랐고 떠났다.

연주는 복지원에 전화한 몇 년 전 밤을 떠올렸다. 아들이 무척 보고 싶은 날이었다. 원장은 아들이 복지원에 없다고 했다. 가출이었다. 연주는 악력기 잡은 손에 지그시 힘을 주었다. 눈물이 주르르 흘렀다. 울음이 터져 나왔다. 쥐어짜는 듯한 소리가 점점 커졌다. 다섯 살 아들이 무표정한 얼굴로 복지원을 향해 돌아서는 것이 아니라 울며 연주를 붙들어야 했음을 이제야 알았다. 연주 역시 소리 내어 울 수 있음을 이제 알았다. 열아홉 살 남편이 컴퓨터 게임을 하다가 에이, 시끄러 하고 신생아인 현의 울음을 피해 나간 뒤 소식이 없자 연주는 이 년을 버티다가 시설에 아기를 맡겼다.

연주는 손이 아프도록 악력기를 거머쥐었다. 점점 커지는 울음을 삼키다가 딸꾹질을 했다. 크억, 크억, 울음에 묻힌 딸꾹질 소리가 빈 방을 울렸다. 연주는 창가에서 목 놓아 울던 아이가 선 쪽을 바라봤다. 아이의 얼굴이 향한 곳에 숲이 몸을 부풀리고 있었다. 성성한 초록이 제각각 모양을 잡아가는 중이었다. 현에게 엄마로서 인연은 아니었다. 그럼에도 싱그러

운 빛깔로 제 모습을 찾아가길 빌어본다. 크억크억, 딸꾹질 소리가 이어졌다. 언젠가 맞장구치듯 반짝이는 저 잎사귀들처럼 현을 만나야 하리라. 연주는 간절한 마음으로 악력기 쥔 손에 힘을 주었다.

사진 설명 | 영일대해수욕장 _ 115p | 길 위에서 _ 120p

2020신춘문예 당선작가

이소정

2020년 《부산일보》 신춘문예 당선. e-mail : pistacho1010@naver.com

쓰는 사람입니다

쓰는 중입니다

되도록 오래 쓰는 사람이 되고 싶습니다

— 독자에게

사진 설명 | 양조장에서 _ 123p | 읍성에서 _ 128p | 여행중 게시판 앞에서 _ 129p

복순도가
福順都家

우리는 매일 고양이를

이소정

길고양이 한 마리를 발견한 것은 지루하고 긴 여름 해가 기울기 시작한 오후였다. 아파트 화단의 장미들은 윤기 없는 머리카락 뭉치처럼 누렇게 바래가고 있었다. 긴 나무막대로 장미넝쿨을 내리치며 걷던 아이가 엄마를 불렀다.
“엄마, 고양이가 있어. 정말 작아.”
장미 덤불 속에서 웅크리고 있던 고양이가 아이와 내 시선을 끈 것은 너무 작아서였다. 태어난 지 얼마 되지 않은 고양이의 털은 유난히 반짝거렸다. 검고 동그란 눈동자는 경계와 방어의 빛을 모두 띄었다.
“야옹…… 야옹…… 야옹!”
아이는 길을 가다 풀쩍 튀어나오는 고양이나 쓰레기봉투를 뒤지는 고양이를 볼 때와는 다른 호기심을 보였다. 고양이의 띄엄띄엄한 울음이 불안정한 생명의 연약함을 드러내며 보호본능을 불러일으켰다. 아이는 그 앞에 아예 쪼그리고 앉아버렸다. 고양이는 한껏 몸을 웅크린 채 이쪽을 주시했다. 아이는 고양이의 울음소리에 야옹, 하고 대답을 했다. 그렇게 번갈아가며 고양이와 아이는 시간을 들여 야옹, 야옹이라고 했다. 아이는 고양이의 말을 아는 걸까?
“야옹아, 야옹해? 응? 나도 야옹해!”
아이에게 야옹은 고양이의 이름이 됐다. 그리고 야옹은 또 다른 말들이 됐다. 야옹을 주고받을수록 야옹은 여러 단어로 번져나가는 것 같았다.

"엄마, 야옹이가 배가 고프대."

"그게 배가 고프다는 말이야? 어떻게 알아?"

"그냥 알아. 힘없이 야옹 하잖아. 엄마는 그것도 몰라?"

우유에 만 식은 밥을 가져오는 동안에도 아이는 고양이 곁을 떠나지 않았다. 그릇을 내밀어도 고양이는 먹지 않았다. 하지만 경계태세는 어느 정도 풀려서 가까이 다가가도 몸을 움츠리거나 놀라지 않았다. 아이는 그릇을 고양이 곁에 더 가까이 밀어주며 야옹아, 빨리 야옹해, 했다. 그릇을 보기만 할 뿐 고양이는 꿈쩍도 하지 않았다. 아이는 조바심을 냈다. 그런 아이에게 사람이 쳐다보면 안 먹을 거라고 우리가 가야 한다고 겨우 달래 집으로 향했다.

"엄마, 야옹이는 왜 혼자 있어? 이제 밤인데 어떡해?"

"익숙해져야지. 엄마가 없다는 사실에."

냉소적인 내 말투에 놀라 아이를 쳐다봤다. 고양이를 발견한 순간부터 줄곧 버려진 고양이라고 생각했다. 길고양이 엄마는 고양이를 낳고 대로변에서 차에 치여 죽었거나 아니면 멀리 가버렸을 거라고. 그리고 어쩌면 이 새끼 고양이도 비슷하지 처지가 되지 않을까 생각했다.

"그럼 고양이들은 다 엄마가 없어?"

불쑥 내뱉는 아이의 질문엔 화가 묻어났다.

"아니, 모든 고양이는 다 엄마가 있어. 어쩔 수 없는 일 때문에 곁에 있어 주지 못하는 거야. 대신 곁에 있어 주고 싶은 마음은 어디 도망가지 않아. 그 마음이 고양이를 지켜 줄 거야. ……아마. 가자, 씻고 자야지."

날은 더웠고 나는 아이와 더 이상 말을 나누고 싶지 않았다. 등 뒤로 계속해서 야옹, 야옹, 하는 소리가 들렸다. 아이는 더 이상 뒤를 돌아보지는 않았다.
아이는 고양이처럼 동그랗게 몸을 말고 내 품에 안겨 잠들었다. 아직도 젖을 찾아 만지는 버릇이 있었다. 한밤중에 가슴을 더듬어 엄마의 자리를 확인하곤 했다. 고양이에게 우유를 데워주지 않은 것이 조금 후회가 됐다. 아이가 완전히 잠이 들자 집을 치우고 세탁기를 돌렸다. 늦은 저녁을 혼자 먹었다. 남편의 퇴근 시간은 점점 더 늦어지고 있었다. 육아는 오롯이 내 몫이었다.

아침부터 아이는 고양이를 찾았다. 서둘러 우유 한잔을 먹이고 어린이집 가방을 둘러매게 했다. 어제 고양이가 있던 자리에는 빈 그릇만 있었다. 깨끗하게 비워진 그릇을 보고 아이는 기쁨을 감추지 못했다. 화단을 뒤지며 야옹아, 하고 고양이를 찾는다. 철쭉 화단에서 야옹, 하고 소리가 들린다. 어제의 그 고양이가 아이를 쳐다본다. 고양이가 왜 가지 않고 아이 앞에 다시 나타났을까? 낭패감이 밀려왔다.
이제 고양이까지 내 몫이 된 것 같았다.
우리는 매일 고양이를 만났다. 아침이면 고양이 그릇은 깨끗이 비워져 있었다. 이제 고양이는 작지 않았다. 작았지만 아이에게 고양이은 이제 결코 작은 존재가 아니었다. 한 달쯤 지나자 우리는 고양이에 대해 더 많은 것을 알게 됐다. 고양이는 사람들의 눈을 피하는 법을 알았고 저 혼자 시간을 보내는 법을 알았다. 오후에 고양이는 사라지기 일쑤였다. 하원 후 고양이의 부재를 확인한 아이를 달래 놀이터로 갔다. 특별한 일이 없으면 오후 시간을 대부분 이곳에서 보냈다. 긴 벤치에 앉아 아이를 쳐다보는 일이 다였다. 어쩌다 아이와 눈을 마주치면 줄곧 너를 보고 있었다는 듯 웃어주는 일의 반복이었다.

아이가 또래 친구들과 잘 놀고 있는 것을 확인하고 나는 벤치에서 일어났다. 천천히 조심스럽지만 민첩하게 화단을 가로질러 아파트 공용 현관으로 걸어갔다. 계단을 걸어 최대한 천천히 옥상으로 올라갔다. 나는 누구와도 마주치고 싶지 않았다.

지난해 방수공사를 한 아파트 옥상은 초록색이었다. 옥상 난간에 서서 15층 아래를 내려다보니 놀이터는 큰 얼룩 모양이었다. 얼룩 안에 정글짐과 미끄럼틀, 시소가 놓여 있었다. 점보다 조금 큰 아이들이 뛰어다녔다. 한참을 놀던 아이는 어느 순간 불안한 듯 주위를 두리번거리기 시작했다.

"엄마!"

아이가 나를 불렀다. 나는 그런 아이를 내려 보기만 했다. 아이가 절대 올려다보지 않을 것을 알기에 느긋하게 바람을 느꼈다. 혼자만의 장소에서 혼자만의 시간이 흘러가는 것을 지켜봤다. 구름처럼 언제나 나와는 상관없이 흐르는 것들이 좋았다. 아이는 이제 놀이터 주변을 뛰어다니며 엄마를 불렀다.

"엄마! 엄마! 엄마!"

그 소리가 고양이 울음 같았고 아이는 결국 눈물을 쏟았다. 아이는 지금 고양이의 기분을 느끼고 있는 걸까? 주변의 보호자들이 술렁이기 시작했다. 다정한 손들이 아이를 달래며 두리번거렸다. 나는 더 곤란해지기 전에 내려가야 했다. 하지만 마음은 아직, 조금만 더, 라고 시간을 유예한다.

아이에게 말도 없이 사라진 것이 이번이 처음은 아니었다. 숨바꼭질이었다고 말하면 아이는 억울한 듯 씩씩거렸다. 작은

주먹으로 가슴을 때렸다. 숨는 시간이 점점 길어지고 있다는 것을 나도, 아이도 알고 있었다. 하지만 아이가 모르는 것도 있었다. 아침에 어린이집 차에 아이를 태우고 돌아서서 나는

관리사무실에 전화를 했다.
"좀 치워주세요! 지금 당장!"
내일부터는 고양이가 보이지 않을 것이다.

2020신춘문예 당선작가

이은향

본명 이은정. 경주 출생. 2019년 『한국소설』 신인상, 2020년 《한라일보》 신춘문예 당선

유리창에 점점이 박힌 빗방울이 음표로만 보이던 때도 있었다. 한땐 그것이 종교였고, 삶의 전부라고 여겼던 시절의 이야기다. 지금 나는 문학이라는 새로운 항해에 도전 중이다. 더불어 내 생애의 가장 떨리는 순간이기도 하다. 수평선 너머의 세상이 몹시도 궁금하다 — 독자에게

사진 설명 | 제 집처럼 드나드는 경주시립도서관 _ 130p | 구룡포 삼정리 해변 _ 131p 상 | 피아노와 함께 하는 나의 일터 _ 131p 중 | 소설창작을 위한 자료 점검 _ 131p 하

오타

이은향

A동사무소로 발령이 난 직후 내게 주어진 첫 임무는 납세자와의 조세마찰을 방지하는 기안문을 작성해 제출하라는 거였다. 전자결재가 대세인 시대에 굳이 지면으로 결재를 올리라니, 동장의 요구에 반박하고 싶었으나 별나게 굴다 이미지만 구기게 될까봐 지레 포기를 했다. 첫 기안이라 신경이 쓰였고, 잠을 설쳐가며 인터넷을 뒤지고 자료를 수집했다.

다음날 출근하자마자 USB에 저장해 놓은 기안문을 프린트해 결재판에 끼워 동장실로 갔다. 문을 두 번 노크했을 때 네, 하는 묵직한 저음이 방안에서 들려왔고, 그때부터 가슴이 콩닥거리고 입술이 타오르기 시작했다. 동장과 단독 면담은 처음이라 더 긴장했을 것이다. 급한 김에 혀로 입술을 축이고서 안으로 들어갔다. 그는 근엄한 심사위원처럼 책상에 앉아 나를 주시하고 있었다. 과도한 시선에 온몸이 뻣뻣해지면서 입안엔 소금기가 돌았다. 잘못한 게 없으니 비굴해질 필요가 없는데도 나는 야단맞는 아이처럼 자라목처럼 움츠러들었다. 애써 구부정한 어깨를 펴고, 상체를 꼿꼿이 세운 채 결재판을 내밀었다. 그가 책상 위에 놓인 돋보기를 찾아 끼는데 그 모습이 낯설지 않았다. 머리가 희끗하니 환갑 줄에 접어든 노인네에게서 나도 모르게 친근감이 솟아나고 있었다. 아버지가 살아계셨더라면 동장과 비슷한 연배였을 텐데, 라는 생각에 미치자 눈두덩이 뜨끈해졌다. 하지만 착각은 오래가지 않는 법이다. 동장이 돋보기를 벗으며 입을 떼는 순간 뱃구레에서 배신감이 훅 치올라왔다.

"조세마찰? 조세마찰이 일어나면 안 되지. 그것도 처자가."

그가 조세마찰을 거푸 외치며 키득키득 웃는데 영문을 모른 나는 눈만 휘둥그레졌다. 급기야 그가 결재판을 들고 밖으로 나와 직원들 앞에서 소리쳤다.

"최영미 씨 큰일 날 아가씰세. 어디다 조세마찰을 일으킨다고, 저래갖고 시집이나 가겠어?"

동장이 말이 끝나기를 기다렸다는 듯이 직원들이 우르르 달려와 어디 한 번 보입시더, 하는데 잠시 후 여기저기서 배꼽을 잡고 박장대소를 터트려대는 것이 아닌가. 나는 뭘 잘못했나, 이 순간을 어떻게 모면하지? 안절부절 하다가는 문득 동장이 야속해졌다.

'나이도 드실 만큼 들어서는 체신 머리 없게. 동장실에서나 나무랄 것이지. 그래도 신입인데 배려는커녕 직원들 앞에서 수치와 모욕감을 주고.'

이 원수를 어떻게 갚을 것인지 씩씩대는데 나의 직속상관이기도 한 김 계장이 머쓱한 표정으로 동장에게 건네받은 결재판을 손가락으로 가리키며 입 꼬리를 비틀었다.

'좃ㅔ 마찰'

오타를 확인하는 순간 뜨악! 얼굴은 달아오르고 삼십육계 도망이라도 치고 싶지만 숨을 데도 마땅찮고, 정말이지 얼굴을 들 수가 없다. 게다가 그 일은 잊을 만하면 입에서 입으로 돌고 돌아 회식자리에서 절대 빠질 수 없는 안주거리로 등극했으니 나도 모르게 트라우마가 생겨난 것도, 그래서 기안문을 작성할 때면 수십 번씩 읽고 완벽하게 오타를 걸러냈다고 확신이 든 후에야 제출하는 것도 그런 맥락에서였다.

다행히 동장의 임기는 일 년밖에 남지 않았고, 나는 업무를 익히느라 하루가 정신없이 지나갔다. 동장의 얼굴을 대할 때마다 불쑥불쑥 반격을 꾀하고 싶어졌지만 좀체 그럴 기회는 오지 않았고, 사실 그도 호락호락한 인물은 아니어서 꼬리 잡힐 일은 철저하게 피해 다녔다.

드디어 그의 퇴임을 앞둔 회식자리에서 최후반격의 기회를 포착했다. 마음이 초조해지고 있던 터에 때마침 건배제의 할 타이밍이 주어졌고, 차례가 되자 나는 자리에서 벌떡 일어나 발그레하게 홍조가 오른 동장의 얼굴을 무엄한 시선으로 내려다보며 술잔을 치켜들었다.

"조세마찰 방지를, 위하여!"

위하여, 라는 말이 끝나기도 전에 떠들썩하던 분위기는 찬물을 뒤집어쓴 듯 정적에 휩싸였고, 이내 공기가 눅눅해졌다. 내 딴엔 한방 날리겠다고 용기를 낸 건데 순식간에 얼음으로 만들어버린 것이다. 뭔가 잘못되었다고 느끼는 순간 동정어린 시선이 동장에게 일제히 모아졌다. 긴박한 상황이 길어지기 전에 누군가가 이 어색함을 수습하고 반전을 꾀해야만 할 텐데, 다들 눈치만 볼 뿐이었다. 그때 엄숙한 분위기를 뒤집어엎은 건 다름 아닌 동장 특유의 키득키득하는 웃음소리였다.

"영미 씨 뒤끝 작렬일세! 생각해보니 그날 내가 좀 오버했네. 미안해. 근데 조세마찰, 오타는 좀 웃겼어."

엎드려 절 받기지만 뭐, 기분이 나쁘진 않다. 옆에 앉은 김 계장이 빈 소주잔을 내게 돌리며 찰랑하게 술을 따르고 나는 원샷을 외친다. 소주 맛이 달달하니 술술 넘어간다.

스마트소설 투고 받습니다

계간 『문학나무』가 (주)아이소이 후원으로 창간한 『스마트소설』지 투고 환영

스마트소설

『스마트소설』에서는 '자유투고 선정작' 부문을 마련하여 청탁에만 의존하지 않고 투고 작품을 엄선하여 게재합니다. 등단한 소설가, 시인, 수필가, 비평가 등(문단의 정식절차를 밟지 않은 신인이라도 작품성만 인정되면 선정합니다) 스마트소설이 지향하는 단숨에 읽히는 이야기로 새로운 미학을 제시한 작품을 선정 발표하고 소정의 원고료를 드립니다. 짧은 이야기에 남다른 미학을 가지고 있으나 발표 지면을 얻지 못하는 분에게 기회를 드립니다.

'자유투고 선정작'은 3개월마다 원고를 마감하여 매회 1~3작품을 선정 발표합니다. 선정 발표 작가는 향후 『문학나무』에서 진행하는 문학관련 행사에 초대하며 『스마트소설』에서 진행하는 '오늘의 이슈' 코너에서 스마트소설을 청탁합니다.

원고와 간단한 자기소개, 스마트소설 장르에 관한 생각을 적어주십시오.

***장르** : 스마트소설 2편(1500자 이상 3000자 내외)

***주제** : 자유

***e-mail** : smart-story@naver.com

스마트소설 편집위원 김상혁 박인 정무늬

편집장 김주욱 010-2244-1794

편집기자 조유영 010-4392-1355

2020신춘문예 당선작가

정무늬

2020년 《세계일보》 신춘문예에 「터널, 왈라의 노래」가 당선되어 작품 활동을 시작했다. 현재 웹소설 작가 겸 유튜버.
e-mail: bbangmunee@gmail.com

글로 먹고 삽니다. 머리가 자꾸 빠집니다. 그래도 즐거우니까 좀 이상한 사람이지 싶습니다 — 독자에게

엘리엇

정무늬

이번 휴가는 망했다. 그걸 인정하고 싶지 않았다. 낭만적이고 열정적인 휴가를 계획했는데, 콘크리트처럼 딱딱한 침대에서 데이트앱을 다운받게 될 줄은 몰랐다. 해수욕장에서 비를 쫄딱 맞게 될 줄 누가 알았겠는가? 도망치듯 싸구려 모텔에 들어오게 될 줄은? 다시 데이트앱에 집중했다. 동네에서 만나는 남사친 · 여사친. 높은 퀄리티? 100% 만족? 어딜 가나 낭만은 씨가 말랐다. 그래도 포기할 수 없었다. 누렇게 변색된 에어컨에서 미적지근한 바람이 흘러나왔다. 무려 골드스타 에어컨이었다.

"약부터 끊고 말해." 홍현의 목소리가 떠올랐다. 싸움의 원인이 나에게 있다는 투였다. "그냥 수면유도제야!" 홍현은 내 말을 들으려 하지 않았다. "벤조다이아제핀계 수면제거든?" "네가 그걸 어떻게 알아?" "로앤오더에서 봤어. 데이트 강간용으로 흔히 쓰이는 약물이지." 홍현은 피곤하다는 말을 달고 살면서 온갖 미드를 챙겨봤다. 홍현의 원픽은 로앤오더 Law& Order 성범죄전담반이었다. 홍현은 낯선 남자가 주는 술을 따라버리고, 택시를 탈 땐 차 번호를 메모해두라고 잔소리를 해댔다. 5년 사귄 남자친구치고는 다정한 편이었다. 가끔 까탈을 부리긴 했지만.

"싫다는 사람 깨워서 끝까지 했으면서 기억이 안 난다고?" 날

향하는 홍현의 시선에 경멸이 담겨있었다. 사과했지만 소용없었다. "보나 마나 수면제 부작용이겠지." "수면제를 왜 먹게 됐는지 안 궁금하니?" "불면증 없는 사람이 어딨어?" 홍현이 삐딱하게 되물었다. "그것참 대단한 위로네." "이것도 범죄야. 내가 남자고, 네가 여자라도!" 백번 양보해서 내가 밀어붙였다고 치자. 그래도 우린 연인 아닌가? 피해자처럼 구는 홍현 때문에 화가 났다. 잊지 못할 만큼 인상적으로 하지도 못하는 주제에.

지금 어때요? 거기로 갈 수 있는데. 채팅을 걸어온 남자들 면면을 살폈다. 외국인이 생각보다 많았다. 다들 적당히 잘생겼다. 어디서 긁어온 사진인가보다. 땀으로 끈적끈적해진 브라를 풀었다. 소리만 요란한 골드스타는 가망이 없었다. 창문을 열었다. 채팅창이 깜빡였다. 닉네임이 엘리엇이었다. 로앤오더의 주인공도 엘리엇이지. 엘리엇 스테이블러 형사.

— 범죄수사물 애호가예요?

— 엘리엇 어윗의 작품을 좋아하거든요.

— 그게 누군데요?

엘리엇이 프랑스 사진작가의 간단한 약력을 보내왔다. 최고령 매그넘 포토스 회원 엘리엇 어윗 Eliott Erwitt. 1928년생이면 몇 살이야? 엘리엇의 프로필은 클래식 카메라를 든 남자의 흑백사진이었다.

— 관점을 바꾸면 보이지 않던 것들이 보여요. 내밀한 이야기를 포착하려면 기다려야 해요. 인내심이 필요한 일이죠.

요즘도 이런 게 먹히나? 그럴 리가. 사진이나 예술은 내 관심사가 아니었다. 누군가와 함께 있고 싶다고 생각했는데, 함께 해봤자 별 볼일이 없으리란 확신만 강해졌다. 해수욕장 뒷골목 모텔촌에서 낭만이라니. 애초에 너무 큰 꿈이었다.

— 휴가를 혼자 보내면 너무 아깝잖아요?

— 아까우면요?

— 흥미롭게 만들어야죠. 창의적인 방식으로.

엘리엇은 생각보다 빨리 본심을 드러냈다. 실망스러웠다. 데이트앱에서 뭘 기대한 거야? 공허하다, 공허해. 그만 접으려는데 엘리엇이 말을 돌렸다.

— 저도 그 해수욕장 좋아해요. 흑백필름 수십 롤은 찍었을 거예요.

내 위치를 어떻게 알지? GPS에 엑세스할 수 있도록 설정했던가?

— 졸려요. 이제 자야겠어요.

— 혼자 잘 거예요?

— 그래야죠.

— 별로 좋은 선택은 아니네요. 만약에…….

만약에 뭐? 궁금하지 않았다. 채팅창을 껐다. 데이트앱은 지웠다. 항상 조심해. 너한테도 벌어질 수 있는 일이라고. 홍현의 잔소리가 왱왱 울렸다. 매트리스는 딱딱하고, 방안은 덥고, 무엇보다 외로웠다. 다행히 수면제 효과는 탁월했다.

쾅쾅. 번쩍 눈을 떴다. 잘못 들은 건가? 아니었다. 쾅쾅. 누군가 내 방문을 두드렸다. 꺼지라고 해야 하나? 쥐 죽은 듯이 있어야 하나? 갈팡질팡하는 사이 인기척이 사라졌다. 문이 잠겨 있다는 걸 확인했다. 더 불안했다. 흔들면 떨어져 나갈 듯 허술한 문고리였다.

“저기, 누가 문을 두드렸는데요.” 카운터를 지키는 중년 남자가 날 흘끔 올려다봤다. “몇 호인데요?” “103호요.” “일행이

겠죠." "일행 없어요." "그럼 술 취한 놈이에요. 문 잠그고 자요, 아가씨." 터무니없이 느긋한 목소리였다. 방으로 돌아왔다. 잠이 올 것 같지 않았다. 아니, 잠들면 안 될 것 같았다.

"거길 혼자 왜 갔어?" 잠에서 깬 홍현은 짜증을 숨기지 않았다. "휴가라도 그렇지. 겁도 없이." 나도 모르게 발끈했다. "내가 뭘 잘못했는데? 넌 내 걱정도 안 돼?" "무슨 일 있어?" "빨리도 물어본다. ○○모텔 103호야. 기다릴게. 올 거지?" 홍현이 침묵했다. 한 박자 쉬고 착 가라앉은 목소리로 말했다. "너무 무서워서 그래." 비겁하지만 달리 방법이 없었다. 그렇다고 경찰을 부를 순 없잖아? 밤은 너무 길었다. 외로웠다. 또 위험했다. 억울했다. 나는 누구의 방문도 두드리지 않았으니까.

다시 한번 감정에 호소하려는데, "몰라. 네가 알아서 해!" 홍현이 전화를 끊었다. 수면제를 한 알 더 먹고 베개를 때렸다. 나쁜 새끼! 물건도 시원치 않은 놈이! 문득, 멈췄다. 창문이 열려있었다. 1층 방이었다. 누군가 내 목소리를 들었으면 어쩌지? 여자 혼자 있다고 광고한 셈이잖아? 카운터 남자의 얼굴이 눈앞을 스쳤다. 그는 내게 일행이 없다는 걸 알았다. 마스터키도 갖고 있었다. 불길한 쪽으로 상상력이 발휘되기 시작했다. 온몸의 털이 곤두섰다. 심장이 빠르게 뛰었다. 그런데도 눈이 감겼다. 혀를 깨물어봤지만 소용없었다. 수면제는 훌륭했다. 희뿌연 안개 덩어리가 날 무의식 저편으로 끌어당겼다. 아무 일 없을 거야. 아무렴. 우리나라만큼 안전한 나라가 어디 있다고…….

눈을 떴다. 모텔 침대 위에서 나는 알몸이었다. 가까스로 비명을 참았다. 가슴 위에 남자의 팔이 얹혀있었다. 문고리를 뜯고 들어온 거야? 설마 엘리엇인가? 아님 카운터? 이를 악물고 고개를 들었다. 적어도 얼굴은 봐둬야 할 것 같았다. "일어났어?" 홍현이 눈을 찡그렸다. 불안이 쓸려나간 자리에 의구심이 차올랐다. "언제 왔어?" "네가 문 열어줬잖아. 기억 안 나?" 홍현이 물었다. 대충 변명했다. "그냥 몇 시에 왔는지 물어본 거야." 아무 기억도 없었다. 내가 뭘 먹은 거지? 정말 수면제 맞아? "나한테 크게 빚진 거야." 홍현이 끙 소리를 내며 옆으로 돌아누웠다.

홍현을 끌어안고 익숙한 체취를 들이마셨다. 조금 진정됐다. 말라붙은 줄 알았던 열정이 샘솟았다. 낭만은 아니지만, 그럭저럭 괜찮았다. 홍현도 싫다 하지 않았다. 골드스타가 굉음을 내며 돌아가기 시작했다. 그 사이로 찰칵, 금속성 소리가 섞였다. 설마. 잘못 들었겠지. 그런데 창문은 누가 닫았지? 나는 멈췄고, 홍현은 움직였다. 다시 찰칵. 이번엔 귀를 의심할 수 없었다.

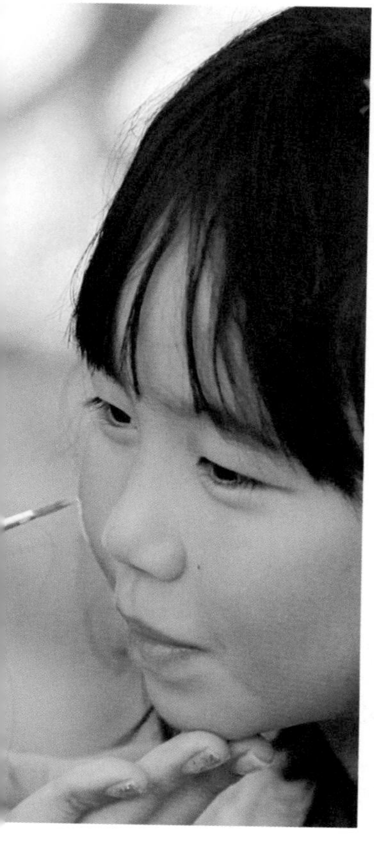

사진 설명 | 떠난 도시. 그리운데 돌아가고 싶지 않은 _ 136p | 아이 얼굴에 태극기를 그리는 광복절 _ 142p

2020신춘문예 당선작가

현해원

2020년 《경인일보》 신춘문예 당선. 현재 프리랜서.

e-mail:hhaewon0115@gmail.com

그럼에도 불구하고
언제나 마침표 뒤의 말을 상상해왔다
부적 같은 말이다

— 독자에게

사진 설명 | 친구가 익명으로 공동 집필한 시집을 읽으며 친구의 시가 어떤 것인지 가늠하던 여름날 _ 144p | 가장 먼저 등단을 축하해 준 친구에게 받은 꽃다발 _ 145p

흔적

현해원

"엄마를 만나면 꼭 뒷모습을 보여 달라고 할 거야. 난 그 모습밖에 기억하지 못하거든."

유라 언니가 부산스럽게 선반을 들쑤시며 작게 투덜거렸다. 나보다 보름 먼저 이 게스트하우스에 도착했다던 언니는 일본어도 영어도 못 하면서 삿포로 곳곳을 혼자 관광했다고 했다. 새벽 두 시가 넘어가면서 복도와 화장실을 제외한 모든 공용 공간의 불이 꺼졌지만, 창밖 가득 쌓인 눈에 가로등 불빛이 반사되어 주방을 비추고 있었다. 나는 아무런 대꾸도 하지 못하고 실내등이 없는 냉장고를 뒤지는 유라 언니의 뒷모습을 그저 바라보았다. 그녀의 진짜 이름은 알지 못했다. 자기가 생각하는 가장 예쁜 이름이라며 유라, 하고 소개해보고 싶었다는 말로 가명임을 짐작했을 뿐이었다. 우리는 이곳의 유일한 한국인 투숙객이었다. 사십 년 만이라는 기록적인 폭설로 일주일째 나가지 못하게 되자 그녀는 온종일 내게만 붙어 있으려 했다. 만약 다른 한국인이 있었다면 굳이 나한테 이럴 일도 없었을 것이다.

"엄마는 날 시내 한복판에 버리고 갔어. 엄마를 찾으려고 계속 까치발을 드는데 주위에서는 맛있는 음식 냄새가 나지 뭐야. 지금도 문득 엄마가 떠오르면 뭔가를 마구 먹고 싶어져."

언니가 냉장고 구석에서 꺼낸 딸기잼을 식빵 한 쪽 면에 펴 발랐다. 내게도 권했지만 조금도 배가 고프지 않아 거절했다. 그녀가 어깨를 한 번 으쓱하더니 치덕치덕한 딸기잼이 떨어지기 전에 식빵을 와구 삼켰다.
우리가 삿포로의 게스트하우스에서 만난 건 고작 열흘 전이었다. 그동안 진짜 이름도 모르면서 그녀의 인생사에 대해선 제법 알게 됐다. 일주일 전, 그녀는 어릴 적 키우던 개가 종아리를 물고 도망가서 삼십 년이 지난 지금까지도 큰 흉터가 남았다며 대뜸 바지를 걷었다. 그다음 날에는 생리가 늦어진다는 말에 이별을 통보하고 도망간 전 남자친구에 대해 말했다. 그때도 언니는 그놈 배가 더 불룩했다며 이죽거렸을 뿐 금세 다른 이야기로 넘어갔다. 그녀의 이야기 속에서 그녀는 철저하게 혼자였다. 엄마도 남자친구도, 하물며 개까지 그녀에게 뒷모습만 보이고 사라졌음에도 개의치 않는 것 같았다. 반면 나는 모든 것을 개의하는 사람이었다. 그래서 이곳에 왔다.

사람은 죽어서 이름을 남긴다는데, 그렇다면 나는 영원히 없는 사람일 것이다. 나는 어디에도 나의 흔적을 남기지 못했다. 어디에도 스며들지 못한 말과 누구에게도 온전히 불리지 못하는 이름은 없는 것과 다름없다. 흔적이 없는 사람이 사람이긴 하나, 그건 그냥 유령이 아닐까.
마지막 장소로 이 낯선 이국을 고른 건 어린 시절 봤던 한 영화 때문이었다. 딱 지금 같은 새벽녘에 케이블 텔레비전에서 틀어준 흑백 일본 영화였다. 영화 속에서 남자는 새하얀 어둠 속에서 헤매고 있었다. 일본은 백야 현상이 존재하지 않는 곳임에도 내 눈에는 꼭 그렇게 보였다. 주변이 온통 흰 눈뿐이라 언뜻 안개 속에서 길을 잃은 사람처럼 보이기도 했다. 남자는 걷고 걷다가 이내 힘에 부친 듯 그대로 벌렁 뒤로 넘어가 누웠다. 영화는 그가 어떤 시간을 보내왔는지 전부 말해주지 않았다. 다만 지금까지 어디에도 속하지 못하고 부유하던 남자가 마지막 순간에는 희미하게 웃는 모습을 오래도록 비췄다. 인간이 극한의 추위를 느끼면 정신을 보호하려고 행복한 기억을 끄집어낸다는 말처럼 그 역시 그랬던 걸지도 몰랐다. 내게 그 모습은 가장 비참하지 않은 형태의 마지막이었다. 더는 참을 수 없어지는 순간에 떠오른 건 영화 속 남자의 마지막 장면이었다. 모두 곁을 떠나 정리할 것도 없는 신변을 정리하고 영화 속 엔딩처럼 눈이 퍼붓는 나라에 도착했다. 카메라도 없었고, 돌아가는 항공편도 예약하지 않았다. 상상했던 것처럼 희고 웅장한 설국을 올려다보다 언제, 어느 장소에서 떠날 것인가 가늠했다. 예상하지 못했던 건 유라 언니 하나였다. 첫날은 아무렇지 않은 게 아닌 기억을 아무렇게나 말하는 그녀가 신기해서, 다음 날은 이야기 속에서 나를 발견해 버려서, 어느 날은 혹시라도 그녀가 빈 침대를 보고 나를 찾아내 일을 그르칠까 봐, 그리고 어제는 아직 나가면 위험하다며 팔을 붙잡는 통에 결국 실행하지 못했다.

유예는 오늘까지였다. 사십 년 만에 홋카이도 전역을 덮었다던 폭설은 기상청 예보대로 오늘로 그쳤다. 동이 터오기 시작하자 고요했던 게스트 하우스가 분주해지기 시작했다. 결항으로 한국에 돌아가지 못하고 있던 유라 언니도 그녀를 거쳐 간 수많은 사람처럼 왔던 길로 사라질 것이다. 그녀는 첫날 내가 대답을 피한 이후로 아무것도 묻지 않았다. 그저 자신의 이야기를 늘어놓았을 뿐이었다. 무엇도 개의치 않아 하는 사람이니 만에 하나 뉴스에서 내 소식을 보더라도 그렇구나 하고 넘길지 몰랐다.

옷가지 몇 벌이 전부인 작은 배낭이 유독 무거웠다. 잠을 자지 못한 탓인지도 몰랐다. 정신이 산란할수록 가슴 한구석이 자꾸만 선득해졌다. 커다란 캐리어를 든 그녀의 뒤를 따라 계단을 내려갔다. 그녀가 먼저 떠나고 나면 나도 떠날 것이다. 목구멍 언저리까지 차오르는 냉기에 자꾸만 패딩을 여몄다. 사람의 동공 같은 새카만 렌즈와 눈이 마주친 건 그때였다.

"표정 좀 풀어봐. 이건 꼭 심령사진 같잖아."

유라 언니가 밭은기침을 큼큼거리며 말했다. 한국에서 만날 때 사진을 주겠다며 이리저리 몸을 틀며 각도를 잡았다. 그녀는 언제나처럼 아무렇지 않은 얼굴로 마치 이게 당연하다는 듯이 다음을 말하고 있었다. 렌즈에 반사된 햇빛에 한쪽 뺨이 달궈졌다. 뺨에서 피어오른 미약한 온기가 소리 없이 발가락 끝까지 퍼지는 게 느껴졌다.

어어 웃었다, 하고 유라 언니가 활짝 웃었다. 그녀는 방금 자신이 무얼 했는지 알까. 밤사이 그녀의 식욕이 내게로 옮기라도 했는지 문득 배가 고파졌다. 아주 오랜만에 무얼 먹을까 하는 고민이 들었다. 식빵에 딸기잼을 발라 먹는 것도 좋을 것 같았다. 하지만 그 전에, 나에게도 근사한 이름을 하나 지어줘야겠다고 생각했다. ✈

문학나무스마트소설발표작가

스마트 소설 문학나무 발표작가

고은주

김경

김성달

김주욱

김호운

박인

원교

정광모

정승재

최성배

허택

문학나무 스마트소설 발표작가

고은주

이 세계가 언제까지 어떤 형태로 지속될 수 있을까, 생각하다가 세기말에 발표했던 단편소설을 들여다 보았다. 그때 작가 후기에 "저기 누군가 내 손을 잡아주었으면"이라고 썼지만, 지금은 접촉 금지의 마스크 세상. 그렇게 20년이 흘렀고, 나는 열두 권의 책을 펴냈고, 그 세월은 이렇게 몇 장의 사진으로 남았다 — 독자에게

1995년 『문학사상』신인상 등단. 소설집 『칵테일 슈가』 『시나몬 스틱』. 장편소설 『아름다운 여름』 『현기증』 『신들의 황혼』 『드라마 퀸』 『그 남자 264』 등. 1999년 오늘의 작가상, 2019년 노근리평화상 문학상 수상. e-mail:chaff99@naver.com

여기 내가 걸어온다

고은주

실례지만…… 누구시죠? 누구길래 저와 똑같은 말투로 저와 똑같은 생각을 말하고 있는 겁니까?

메시지의 내용은 그게 전부였다. 그것이 내 소설의 한 구절임을 나는 처음에 알지 못했다. 어딘가 익숙한 문장이라는 생각은 들었지만 발신인의 이름이 흔한 편이라 잠시 내가 아는 동명이인을 떠올려 보았을 뿐이었다.
하지만 메시지에 링크된 참고자료를 클릭하자 나의 소설 '저기 내가 걸어간다'가 펼쳐졌고 그 순간 나는 모든 것을 알 수 있었다. 그러니까 그는 소설 속의 인물과 똑같이 내게 말을 걸어온 것이었다.
1999년 10월호 문예지에 발표했고 2004년 여름에 출간된 나의 첫소설집에도 수록한 단편 소설. 그 소설 속에서 '그'가 '나'에게 보내온 메일과 토씨 하나 다르지 않은 내용이었다. 다만 '그'는 참고자료로 인터넷 게시판에 올린 본인의 글을 링크해 놓았다는 것이 다를 뿐.
소설 속에서 '그'는 '나'에게 계속 메일을 보내오고 또 채팅으로 말을 걸어오면서 자신의 주장을 반복했다. '그'와 '나'의 생각과 표현이 너무 비슷하다고, 극도의 예민함을 거쳐 이제는 자신을 무가치한 존재로 여기면서 자포자기의 심정에 이른 상황마저 비슷하다고.

소설 속에서 '나'는 계속해서 아니라고 했다. 같은 성별에 유사한 나이라면 비슷한 경험을 하면서 살아왔을 테니 생각과 표현까지 비슷할 수밖에 없을 거라고. 더구나 이 땅의 역사는 특히 더 그런 획일적 경험과 획일적 분노와 획일적 감동을 강요하지 않았냐고. 나아가 사람들은 모두 근본적으로 같은 게 아니겠냐고.

요컨대 나는 그 소설 속에서 외환위기 이후 구조조정에서 살아남은 자들의 황폐해진 심리상태와 무기력함 등을 드러내려 했고, 결국 똑같은 모양과 똑같은 성질을 지닌 분자로 살아남은 그들이 그려내는 우울한 풍경을 세기말의 분위기 속에 펼쳐보이려 했던 것이다.

하지만 소설 속 그 풍경은 도서대여점, 비디오 카메라, 헤이즐넛 커피 따위의 잊혀진 단어들과 함께 이미 20년도 지난 시간의 저쪽으로 흘러가 버렸다. PC통신은 SNS로, 불법 복제 CD는 불법 다운로드로, 데이터 저장은 디스켓에서 클라우드로 변한 이 시대에 흘러간 소설 따위를 펼쳐놓고 뭘 어쩌자는 것인가.

얼떨결에 내 소설을 다시 읽어본 뒤 나는 그만 짜증이 나고 말았다. 그의 프로필을 통해 개인 SNS 페이지로 들어가봐도 별다른 사진이나 게시물이 없는 것 또한 짜증을 더했다. 소설가로서 공개된 나에게 시비를 걸어오면서 자신의 정체는 밝히지 않고 있다니……

— 대체 누구의 정체를 묻고 있는 거죠? 저에 관한 정보는 이미 알려져 있는데…… 혹시 소설 속의 인물이 본인과 똑같다

고 생각하나요?

소설 속의 '나'는 갈고리 같은 '그'의 물음표에 끌려다녔지만 나는 절대 그러지 않겠다는 듯 단숨에 답장을 썼다. 그러자 그도 자신이 소설 속의 '그'와 다르다는 듯 바로 반응을 해왔다.

제가 구상한 것과 똑같은 소설을 이미 오래 전에 발표했으니 당신의 진짜 정체가 궁금하다는 겁니다.
— 링크한 그 소설 말인가요? 그런 주제라면 얼마든지 다른 소재로 쓸 수 있을 거예요.
소설을 빼앗겼다고 해서 이러는 게 아닙니다. 제가 생각했던 소재와 전개 방식까지 똑같은 소설을 뒤늦게 읽고나서 소름이 돋았고, 그 작가의 정체가 진심으로 궁금해진 겁니다.
— 소설가이신가요? 아님, 지망생?
그게 뭐가 중요합니까? 도플갱어 앞에서.

도플갱어(Doppelganger). 결국 그거였다. 독일어로, 살아 있는 사람의 유령이라는 뜻. 소설 속의 '그'와 똑같이 그는 내가 도플갱어라고 했다. 혹은 그가 나의 도플갱어일지도.
소설 속에 내가 중요한 의미를 담아서 썼던 단어지만 막상 현실에서 맞닥뜨리니 한없이 낯선 느낌이 들었다. 영어로는 더블 고우어(Double Goer), 그러니까 이중으로 걸어다니는 사람이라고 했던가.
도플갱어는 보통 자기와 똑같은 모습으로 나타나는데, 현재의 자신과 다른 외관을 하고 있을 때도 있고 젊었을 때나 어린 시절의 모습을 하고 있기도 하고 미래의 노인 모습이 나타날 때도 있으며…… 어느 경우든 보는 순간에 그것이 자기 자신이라는 걸 직관적으로 알 수 있다고 했다. 또한 그것을 만나는 자는 곧 죽는다!

그래서 나는 지금 이렇게 걷고 있다. 도플갱어라는 단어 앞에서 나는 즉각 그에게 만나자고 했고 그는 곧바로 날짜와 약속 장소를 제안했다. 소설 속의 그들은 오랜 대화와 망설임 끝에 만났지만 우리는 시간을 끌지 않았다. 20년이 훌쩍 넘는 동안, 나는 모든 것을 점점 더 빠르게 진행하고 있었다. 생각도, 판단도, 소설 속 이야기의 전개도…… 그도 마찬가지였을까? 소설 속의 '나'는 '그'와 마주 서자 자신과 전혀 다른 얼굴임에도 도플갱어임을 직감한다. 하지만 '그'는 아무 것도 느껴지지 않는다고 했다. 심지어 최근에 다른 도플갱어를 발견했다고까지 한다. 그것이 그 소설의 주제였다. 우리 모두는 결국 다 비슷하다는 것. 슬픔과 고통은 물론이고 옷차림이나 전자제품 같은 것들의 유행까지도 공유하면서 모두가 획일화된 개성의 안정된 분자로 살아남으려고 애쓴다는 것.
그때나 지금이나 거리에는 유행이 가득하다. 몸에 걸치고 지닌 물건은 물론이고 사람들의 행동과 포즈에까지 유행이 느껴진다. 항거불능의 시대 또한 도플갱어처럼 되풀이됨을 알려주듯 모두가 단단히 마스크를 착용하고 있다. 도대체 얼마나 많은 나의 영혼들이 세상 곳곳에 세포분열해 있는 것일까? 거리를 걷는 분신들을 바라보며 정말 곧 죽을 것만 같은 기분이 들었던, 어쩌면 이미 죽어 있었던 것인지도 모른다는 각성에 이르렀던 '나'와 달리 지금 나는 오히려 편안한 기분이 든다.
그리고 비로소 궁금증이 사라진다. 이제 곧 만나게 될 그가 과연 어떤 사람인지, 그도 나처럼 몸 어딘가의 조직을 떼어 병원에 맡겨 놓고 초조하게 검사 결과를 기다리고 있는지…… 나를 여기까지 끌고온 그런 궁금증이 한순간에 증발해버리는 걸 느끼면서 나는 약속 장소인 카페로 걸어가고 있다.

아무렴 어떠랴. 우리는 모두 인생에 얽매인 도플갱어인 것이다. 태어나고 살다가 죽는 것. 그 엄연한 순환의 무게를 생각하면서 나는 카페 문 앞으로 다가간다. 운명과 대결하듯 힘주어 문을 민다. 그러자 놀라우리만치 가볍게 문이 열린다. 이번 생의 무게를 넌지시 내게 알려주듯이.

사진 설명 | 1999년에 첫책을 출간하며 받은 '오늘의 작가상' 상금으로 떠났던 세기말 유럽 여행 중에 바티칸에서. 이번 스마트소설의 모티브가 된 단편소설 「저기 내가 걸어간다」를 발표한 직후였다 _ 152p | 문학에 관심 있는 친구가 찍은 자연스런 내 모습 2 : 2010년 아들과 함께. 마흔 넘어 낳은 이 늦둥이를 키우느라 출간 공백 10년을 넘기는 동안, 나의 언니는 이런 사진을 찍어주며 이모로서의 뿌듯함과 독자로서의 안타까움을 함께 담았다 _ 153p | 문학에 관심 있는 친구가 찍은 자연스런 내 모습 1 : 2004년 TBC 대구방송 '우리시대 작가를 만나다' 촬영 중에 강석경 선생님과 함께. 아나운서 시절에 같이 일했던 구성 작가는 내가 등단하자 이렇게 문학 전문 진행자의 길로 이끌어주었다 _ 159p 상 | 2020년 1월, 코로나19 국내 발생 직전에 아슬아슬하게 다녀온 상하이와 난징의 독립운동 유적지 답사 중에, 의열단의 거주지였던 후자화위안에서 이육사 시인의 외동딸 이옥비 여사와 함께 _ 159p 하

문학나무 스마트소설 발표작가

김경

나는 살아 있다. 살아 있는 날까지 무엇을 해야 하는가. 이야기를 노래하는 마음으로 사랑해야 한다. 그 마음이 내 글쓰기다. 글을 쓰는 것은 나를 돌아보는 일, 너를 사랑하는 일이다 — 독자에게

2000년 단편소설 「얼음벌레」로 『월간문학』 신인상, 2012년 중편소설 「게임, 그림자 사랑」으로 37회 한국소설문학상, 2017년 소설집 『다시 그 자리』로 13회 만우박영준문학상 수상. 단편소설집 『얼음벌레』 『다시 그 자리』(세종우수도서), 중편소설집 『게임, 그림자 사랑』(문광부 우수교양도서), 장편소설 『페르소나의 유혹』.
e-mail:kkjangmi@hanmail.net

사진 설명 | 해운대 _ 160p | 남해 _ 161p | 모나코 _ 163p

초록뿔테 안경

김경

너는 가짜다. 나는 사고뭉치다. 너는 자기가 가짜라는 걸 알고 있으며, 또한 그 사실을 내가 모르고 있는 줄 안다. 나는 이 사실에 만족한다. 나는 죽을 때까지, 너는 물론 그 누구에게도 발설하지 않을 것이다. 나는 지금도 사고를 치고 누워 있다. 아니 사고를 당했다. 사흘 전 오후에 자전거로 달리다가 뺑소니차에 받혔다. 변속 시스템이 망가져 기어 조정이 불가능했으나 달리는 데에 문제는 없었다. 나는 응급수술을 받았지만, 상태가 죽음 쪽에 가까운 것 같다. 너는 모질음을 쓰는 나를 껴안고 자꾸 눈을 깜박거렸다.

소극장이 문을 닫은 지 3개월이 지났다. 코로나19로 모두가 힘들었다. 내 정식 직책은 홍보 마케터지만, 있으나마나한 자리다. 연출하는 R형이 서른넷에도 빌빌거리는 나를 보다 못해 거두었다. R형은 네 둘도 없는 친구다. 소품 구입, 무대 정리, 팸플릿 배분, 간식거리 준비 등이 내 일이다. 막상 그 일마저 끊기니, 백수 중의 상백수로 어슬렁거렸다.

일주일 전 아침, 너는 대문 밖에서 불쑥 봉투를 내밀었다. 나는 편의점에서 산 담뱃갑을 뜯던 참이었다. 인마, 이 비대면 시대엔 자전거 여행이 대세라며? '두루누비' 사이트를 보니 동해안 길이 유명하더라. 나는 봉투를 챙기고 자전거를 수리해 강릉 경포호 길을 씽씽 달려야 했다. 서푼짜리 자존심 때문

에 엉망진창이 되었다. 사고 직전에 올려다본 하늘은 흐릿하다 못해 침침했다. 문득 네가 떠올랐다. 네 시야가 저 정도인가? 너를 생각하니 불안했다. 마치 지금처럼.
플라스틱 산소마스크가 버겁다. 질끈 감은 내 눈에 네가 오롯이 보인다. 안마 실습생인 너는 오늘도 데이케어센터에서 어르신의 팔을 주무른다. 1인용 침대여서 어르신 옆구리 쪽에 내려놓은 네 엉덩이는 약간 바깥으로 삐져나와 있다.
첨 들어보지? '희귀성 망막색소변성증'이라네? 네 눈동자가 습기로 흔들렸다. 4년 전에 첫 진단을 받았는데, 이십 대부터 조짐이 있었다. 내가 제대한 날, 너는 사지귀환을 환영한다며 호들갑을 떨었다. 두 번이나 자리를 옮겨가며 억병으로 퍼마셨다. 둘 다 비척거렸지만 네가 훨씬 심했다. 술기운이 아니었다. 너는 어둑발만 내리면 표정이 굳어지곤 했다. 야맹증도 아니었다. 망막색소변성증은 결국엔 시야가 완전히 차단되는 치명적인 병으로, 현재의 의술로는 각막 이식이 불가능하다.
몇 해 전에 정동길을 싸돌아다니다가 너를 만나 시립미술관에 들어갔다. 너는 물론 아버지도 화가였으나 한사코 그림을 멀리한 탓에 천경자가 생소했다. 너는 초록과 회색 뱀들이 우글대는 '생태' 앞에서 넋을 잃었고, 나는 '자살의 미' 앞에서 서성거렸다. 파스텔톤 꽃을 배경으로 몸통만 존재하는 나신. 모호한 만큼 독특했다. 어렴풋이 자살의 고통이 느껴지던 순간에 네가 내 어깨를 툭 쳤다. '미인도' 알아? 너는 수없이 '가짜' '진짜'라는 단어를 되뇌며 '미인도'에 대해 토했다. 작가가 가짜라는데, 왜 사람들은 안 믿지? 왜 가짜에 탐닉할까? 나는 침묵했다. 진짜 네 속셈은 뭐였을까? 물론 당시에 네 시력은 지극히 정상이었다.
아버지는 췌장암으로 떠나기 전에 당신의 그림 50여 점을 네게 남겼다. 유작품들은 곧 당신의 애장품이다. 아버지는 마지막까지 너를 믿고 사랑했다. 어머니도 한 마음이었다. 나는 아버지의 죽음 앞에서도 뒷전이었다. 진짜 아들이 누구인가? 하기야 나는 고교 자퇴도 모자라, 뒷골목 패거리들과 어울려 공원이나 피시방을 전전하던 터였다. 그나마 너 때문에 피시방 잠자리를 종쳤다. 너는 새벽녘에 들이닥쳐 다짜고짜 내 양 뺨을 연타로 갈겼다. 너나 잘해, 이 새캬! 나도 한 덩치 하지만, 헌걸찬 네게 밀렸다. 너는 내 멱살을 움켜잡고 피시방 밖으로 나온 뒤, 난데없이 으스러져라 포옹했다. 나는 버둥거리면서도 네가 울고 있다는 걸 알아챘다. 지금도 나는 가끔 가위에 눌리곤 한다. 패턴은 매양 똑같다. 벼룻길에서 쫓기고 쫓겨 벼랑 끝에서 벌벌 떤다. 죽음의 공포가 내 꿈의 절정이다. 그날도 절정의 순간에 눈을 떴다.
새벽 2시였다. 천둥소리에 번개까지 번쩍, 날을 세웠다. 번개가 지나간 어둠 속에서 불빛이 새어나왔다. 능소화가 어우러진 담장 앞의 별채, 아버지의 화실이었다. 어머니일까? 아버지가 가신 지 한 달쯤 뒤였다. 후드득, 굵은 빗줄기가 쏟아졌다. 물속에서 뛰어나온 몰골로 화실 문을 열었다. 일순 너와 내 눈이 마주쳤다. 너는 화급히 붓을 내던지고 캔버스를 엎었다. 네 정면에 놓인 한 폭의 풍경화. 뜻밖에 너는 아버지의 그림을 모사 중이었다. 나는 허둥거리는 너를 외면하며 대번에 이죽거렸다, 입엣말로. 너는 절대 안 돼! 가짜잖아? 그때도 그랬다. 이모와 어머니의 내밀한 대화를 엿듣고서도 함구하며 모르쇠로 일관했다.

언니! 제발 친자식 좀 챙겨라. 정이를 입양해 준이가 임신됐다고 치자. 언제까지 정이, 정이만 신처럼 떠받들 건데? 갓 중학교 1학년, 나는 항로를 이탈하고 향방 없이 엇나가던 사춘기였다. 담배를 꼬나물고 왕따의 주범으로 군림하며 돈을 갈취하곤 했다. 아, 이 순간에도 담배가 고프다. 나는 나를 포기하지 못해 너를 기다린다.

너는 안마하는 틈틈이 어르신의 얼굴을 힐끔거린다. 엘이디 불빛 아래 네 눈동자는 초점을 모으려고 애쓴다. 너는 초조하다. 시나브로 네 초점은 스러져간다. 언제쯤이면 너는 안경 아닌 안경이 필요할까? 그 멍텅구리 눈알을 감춰야 하는 가짜 안경! 아버지는 항상 진짜인 금속테 안경을 썼다. 유난히 안경에 집착하던 너는 자나깨나 초록뿔테 안경을 소지했다. 내게도 빨간뿔테 안경이 있었다. 우리의 안경은 모두 가짜고, 일곱 살배기일지라도 가짜는 내 취향이 아니었다. 초록뿔테 안경을 쓰고 나부대는 네가 얼마나 우스꽝스러웠는지. 해가 쨍쨍한 공터에서 열여섯인 너와 열셋인 내가 육박전을 벌인 적이 있다. 야구 중에 내가 놓친 공이 저 멀리 달아났다. 내가 그 공을 주워올 의무는 없었다. 그날 밤, 나는 네 서랍 속에 고이 자리한 초록뿔테 안경을 슬쩍해 사정없이 짓밟아 박살냈다.

연극 소품으로 뿔테 안경이 필요했다. 진열대에 즐비한 안경 가운데서 초록뿔테 안경이 반짝거렸다. 소품 사러 갔다가……. 너는 덥석 안경을 받아쓰고 씩 웃었다. 아, 그렇다. 첨단의술은 조만간 반드시 각막 이식에 성공할 거였다. 각막 이식은 그림을 그릴 수 있는 진짜 눈이다. 초록뿔테 안경은 영원한 가짜다.

기어이 대형 사고를 쳤네. 가물거리는 의식 속으로 파고드는 든든한 네 목소리. 나는 간이 무려 80퍼센트나 손상된 중환자다. 이식만이 살 길이라는 걸 너도 알고 나도 안다. 너는 O형, 나는 AB형이다. 나는 모든 혈액형에서 이식 받을 수 있다. 살고 싶지만, 구차했다. 설핏 잠이 든다. 동네 들머리에 앙증맞은 병아리꽃이 피었다. 꽃이 떨어진 자리에 옹기종기 열매가 맺혔다. 꽃과 열매를 동시에 본다. 산소호흡기의 물소리가 들린다. 물소리에 살가운 네 독백이 합류한다. 우린 한 형제잖아? 나는 아버지의 아들이다. 나는 네 앞에 붓을 내던진다. 한 수 배워볼 거야? 너는 엉거주춤 붓을 잡는다. 네가 알다시피 나는 삶의 마지막 순간을 살고 있다. 네게 물어보련다. 내 마지막 순간이 어때? 아름답긴 해?*

*영화 〈트로이〉에서 아킬레우스가 브리세이스에게 한 말이다. '신은 인간을 질투해. 인간은 다 죽거든. 인간은 늘 마지막 순간을 살지. 그래서 삶이 아름다운 거야. 넌 이 순간 가장 아름다워.'

김경의 소설은 어느 작품이고 문체의 간결함, 스토리의 집약성, 인물 중심의 내적 응집력 등에서 뒤로 물러나는 작품이 없다. 그만큼 촘촘하게 교직된 서사와 정확한 문장을 자랑한다. 이로써 산업화 시대를 지나며 사회의 폭력으로 파편화된 내면을 드러내는 데 남다른 장기를 드러내며 이른바 '리얼리즘의 모더니즘화'를 실천한 한국 단편소설의 전범에 가 닿았다. — **박덕규** 소설가, 문학평론가 「해설」에서

다시 그 자리

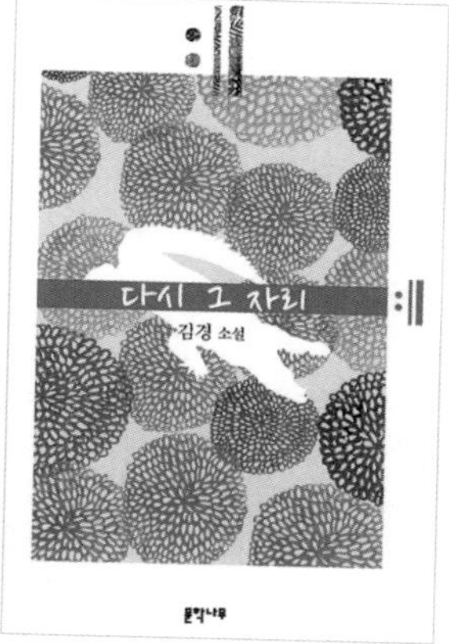

촘촘하게 교직된 서사와 정확한 문장을 자랑하는 김경 소설

나는 오늘도 꿈을 꾼다.
나는 묻고 꿈은 화답한다. 꿈도 묻고 나도 화답한다.
언젠가부터 인식하고 있었다.
내가 꿈을 좇아가듯 꿈도 나를 좇아오고 있다는 것을.
— 「소설가의 말」에서

문학나무 TEL 02)302-1250 값 12,000원

문학나무 스마트소설 발표작가

김성달

살아있는 동안
이 세상에서 내가 할 수 있는 전부는
쓰고 또 쓰는 것이다

— 독자에게

2000년 『한국문학』 등단. 소설집 『환풍기와 달』 『낙타의 시간』, 평론집 『한국소설을 읽다』. 한국문인협회 작가상, 아시아문학상 우수상 수상. 한국소설가협회 상임이사.

e-mail : ksdhanda9@hanmail.net

사진 설명 | 울산 오영수 문학관, 난계 선생님 옆에서 _ 168p | 소설가 김영두 선생이 남긴, 어느 날 _ 169p | 언제나 고향의 숨을 느끼는 바다 앞에서 _ 171

소년을 본다

김성달

내가 그 소년을 본 것은 매일 저녁 무렵이면 지나다니는 신문사 앞의 대형 전광판에서였다. 얼굴이 널리 알려진 유명 정치인 앞에 엎드려 고개를 들고 있는 사내의 얼굴에서 나는 그 소년의 얼굴을 보았다. 순간, 그 위로 내 얼굴이 자연스럽게 겹쳐지는 것이었다.

어린이날을 하루 앞둔 봄날, 나는 학교에서 집으로 돌아가는 길이었다. 개천 따라 이어지는 동네 길 끝, 우리 가족이 세 들어 사는 집 파란 대문이 저만큼 보이는데 어디선가 불쑥 나타난 경찰이 내 가방을 뒤지기 시작했다. 내가 겁에 질려 울먹거리는 사이 가방에서 빵을 꺼낸 경찰이 치뜬 눈으로 다그쳤다.

"이 빵 어디서 훔쳤어?"

나는 그 빵은 훔친 게 아니라 학교에서 못사는 아이들에게 나누어 준 빵이라는 말을 해야했지만 두려움에 그 말은 입속에서 형체도 없이 녹아버리고 무서움이 만들어낸 울음만 쏟아내고 있었다. 경찰은 그런 내 목덜미를 숨이 막히도록 틀어쥐고 경찰서로 끌고갔다. 나는 그 자리에서 슈퍼에서 빵을 훔친 부랑아라는 죄명으로 '즉석재판'을 받고 그곳으로 보내졌다. 내 또래 아이들 서너 명과 함께 그곳 입구에 들어서자마자 실신할 정도로 두들겨 맞았고, 찬밥 한덩어리 던져준 것을 겨우겨우 삼키며 밤을 지냈다. 이튿날부터 새벽 6시면 일어나 점호를 마치고 일을 나갔는데 걸핏하면 욕설에 발길질이었다. 일

주일 후 쯤 뜻밖에도 누나가 잡혀왔다. 나를 찾아 길거리를 헤매고 다니던 누나는 승합차에서 내려 다짜고짜 주민등록증을 요구하는 사람들에게 둘러싸여 중학생이라고 울부짖었다. 하지만 그들은 누나를 강제로 승합차에 태운 뒤에 '즉석재판'으로 그곳에의 입소 결정을 내렸다. 착한 누나는 그곳이 얼마나 무서운 곳인지도 모르고 나를 만난 반가움에 활짝 웃다가 얼굴이 획 돌아가도록 뺨을 맞았다. 누나는 벌겋게 부어오른 뺨을 하고도 나를 안심시키려고 자꾸 웃었다. 딸과 아들을 잃은 황망하고 답답한 마음을 술로 달래던 아버지는 공원에서 낮술에 취해 잠들었다가 부랑아로 몰려 역시 즉석재판을 받고 그곳으로 잡혀 왔다.

우리는 그곳에서 4년 동안 온갖 착취와 폭행을 당하다가 내쫓겼지만 갈 곳이 없었다. 그곳에서 성폭행을 당해 몇 번이나 낙태를 한 누나와 심한 구타에 허리를 다쳐 불구가 된 아버지는 정신병원을 떠돌다가 죽었다. 다섯 살에 뺑소니 교통사고로 어머니를 떠나보내고, 열일곱 살에 아버지와 누나마저 잃고 고아가 된 나는 중국집, 신발공장, 미싱공장을 떠돌았다. 한때, 그런 내 인생을 가볍게 여기는 측은지심을 지닌 여자를 만났지만 그녀의 부모는 내가 고아에 부랑자였다는 이유로 만나지 못하게 했고, 그녀는 스스로 목숨을 끊었다. 살아야 할 희망을 거세당한 나는 원양어선을 타며 시간을 견디다 이 땅을 떠나고 싶어 밀항을 시도했지만 그마저도 실패한 후부터는 만들어진 부랑자가 아니라 진짜 부랑자가 되었다.

전광판 화면 속의 사내는 86아시게임과 88올림픽을 앞두고 갑자기 쏟아져 들어온 원생들 가운데 가장 어린 아홉 살 소년이었다. 사실 나는 그를 몇 번이나 보았다. 처음 본 것은 내가 국회의사당 지하철 역사에 거처를 두고 있을 때였다. 뙤약볕이 내리쬐는 국회 정문 앞에서 1인시위를 하는 사내를 보자마자 그 소년이라는 것을 알았다. 나는 그곳에 입소하던 열한 살에 의식이 머무른 채 그대로였다. 그 덕분에 누나와 아버지가 갔던 정신병원을 피했는지도 모른다.

'짐승에서 사람으로'라는 글이 적힌 팻말을 든 소년은 계절이 몇 번 바뀌어도 자리를 떠나지 않았다. 나는 새벽 지하철 화장실이나 맞은편 건물 화장실에서 세수를 하다가 소년과 마주치기도 했다. 소년은 비닐로 친 바닥에 매트 한 장과 이불 한 장으로 버티면서 농성 중이었다. 나는 오랫동안 세상을 떠돌면서 강제로 부랑자가 되어 그곳에 던져졌던 많은 소년을 만났다. 어른의 몸이지만 여전히 공포에 질린 소년의 눈을 가진 그들은 나처럼 진짜 부랑자가 되어 여기저기 나뒹굴며 입에서 술 냄새와 마약 냄새를 풍겼고 말은 짧고 거칠었다. 하지만 그 소년은 달랐다.

내가 국회의사당 지하철역에서 광화문역사 지하도로 잠자리를 옮긴 것은 그 소년이 국회의사당역 출구 지붕으로 올라가 고공 단식농성을 시작하던 날이었다. 천막과 침낭만 들고 사다리를 한칸 한칸 밟고 올라가는 소년 등에 박힌 '짐승에서 사람으로'라는 선명한 노란색 글을 보며 나는 짐을 꾸려 그곳을 떠나왔다. 소년을 계속 지켜볼 용기가 없었다.

유명 정치인 앞에 엎드린 소년의 사진 밑으로 '마침내 과거사법 국회 본회의 통과'라는 큼지막한 글씨가 흘러가고 그 뒤를 '38년 만에 찾은 어린이날'이라는 글씨가 매달리듯이 지나갔다. 전광판의 화면이 뉴스에 따라 바뀌는 그 앞에서 나는 '38년 만에 찾은 어린이날'이라는 글을 50번은 읽었다. 어느새 주변이 깜깜해지면서 어둠 속에서 글씨가 더욱 또렷하게 도드라지고 있었지만 지나는 행인 누구도 눈길을 주지 않고 무심히 지나갔다.

나는 조밀하게 몰려온 어둠에 봄밤의 한기를 느끼고서야 전광판 앞에서 걸음을 옮겼다. 그때 야 주위를 둘러보고 밥차에서 저녁을 얻어먹는 시간이 끝났다는 것을 알았고, 저녁을 굶어야 한다는 현실에 약간 화가 났다. 나는 아버지가 정신병원에서 노랫가락처럼 중얼거리던 말을 욕처럼 툭 걷어차며 걸었다.

"빌어먹을~ 내무부 훈령 410호오~."

나는 아버지가 죽은 후에야 그가 숨처럼 입에 달고 있던 내무부 훈령 410호가 무엇인지 궁금해 찾아보았다. '행정규칙 내무부 훈령 410호는 1975년 박정희 정권이 만든 부랑인에 관한 업무지침으로, 당시 경찰이 영장도 없이 죄 없는 시민을 부랑자로 판단해 감금하는 즉결처분이 가능하게 했던 법' 애초에 그 법을 만든 것은 정치인들이었고, 지금 그 법의 피해자를 조사하는 '과거사법'을 만든 것도 정치인들이었다.

"빌어먹을~ 내무부 훈령 410호오~"

아버지처럼 이죽거리며 광화문역사 지하도로 걸어가던 나는 38년 만에 어린이날을 되찾은 소년을 힐끗 돌아보았다.

문학나무 스마트소설 발표작가

김주욱

스버럼콜의 달걀 _ 달걀이 오롯이 서지 못하고 자꾸만 넘어져도 포기하지 않았다. 평생 흔들리지 않고 오직 달걀의 중심 잡기에 몰입했다. 달걀을 깨지 않고도 무게 중심만 잘 잡으면 오롯이 세울 수 있다는 것을 알았다 — 독자에게

계간『문학나무』신인작품상, 제5회 천강문학상 소설대상, 제23회 전태일문학상 수상. 장편소설『표절』, 소설집『미노타우로스』『허물』과 그림의 이야기와 소설의 이미지가 만나는 콜라보레이션 단편집『핑크 몬스터』, 2020년 전태일 문학상 수상자 공동 소설집『팬덤 클럽』출간. 2018년 네이버 https://audioclip.naver.com에 초단편 오디오북 발표. 2019년 교보문고 eBook https://bit.ly/2DwyuVq 초단편 오디오북 출간.

사진 설명 I 자화상 _ 174p I 미로궁전에 사는 괴물만큼이나 욕망덩어리다. 이러다간 머지않아 테세우스에 제거 당할지 모른다. 그 모티브로 단편 「미노타우로스」를 썼다 _ 175p I 밤에 모기가 앵앵거리면 기어이 잡아야 잠이 온다. 하는 일도 그렇게 끈기 있으면 얼마나 좋을까 모기 잡는 모티브로 단편 「모기와 왈츠를」을 썼다 _ 179p 좌 상 I 사형의자에 앉히고 싶은 사람들이 많다. 그들의 눈엔 내가 그럴지 모르지만. 그 모티브로 단편 「안락의자」를 썼다 _ 179p 좌 하 I 한강대교에서 떨어져 죽고 싶은 적이 있었다. 그러나 막상 떨어지지는 못하고 아슬아슬하게 매달려 있다가 올라왔다. 그 모티브로 단편 「보드게임」을 썼다 _ 179p 우

춤추는 하얀 국화

김주욱

아버지 49재를 끝내고 법당에서 나오자 까치가 울었다. 영정사진과 작은 제사상을 받쳐 든 가족들이 의식을 진행하는 스님 뒤를 따라갔다. 나는 흥분하기 시작했다. 애써 마음을 가라앉히며 뒤를 따랐다. 쏟아지는 햇살이 따가워 살아있는 존재 같았고 담장에 모습을 드러낸 그림자들이 영혼들 같았다. 스님은 꽃봉오리 모양으로 기와를 얹은 구조물 앞으로 일행을 이끌었다. 그곳의 작은 철문을 열면 영정사진을 태우기 위한 아궁이였다. 그 꽃봉오리 가마 앞에 제사상을 차리고 불경 소리에 맞춰 차례로 나와 절을 했다. 나는 무리를 빠져나와 뒤에 섰다. 내 행동을 이상하게 여긴 고모가 뒤돌아봤지만 나는 개의치 않았다. 가족들의 절이 끝나자 제사상에 세워두었던 영정사진을 꽃봉오리 가마 앞으로 가져가 불을 붙였다. 영정사진은 불이 잘 붙지 않았다. 아버지가 무슨 말을 하고 싶은 건지도 몰랐다. 겨우 불이 붙은 영정사진이 꽃봉오리 가마에 들어갔다. 스님이 영정사진에 붙은 불이 꺼지지 않도록 철문을 반쯤 열어두었다. 그을음이 아지랑이처럼 일었다. 모두 경건한 의식에 빠졌을 때 나는 머리에 흰 국화를 올리고 골반을 돌리면서 춤을 췄다.

아버지 49재 날 춤을 추기로 했다. 내가 무용가가 되는 것을 반대한 아버지는 내가 집을 나가 무용과에 다닐 때부터 내 공연에 한 번도 오지 않았다. 하지만 아버지는 고모를 통해 내 학비를 대주었다. 고모는 아버지가 돌아가셨을 때 그 비밀을 고백했다. 나는 어머니가 일찍 돌아가셨기 때문에 외롭게 말년을 보낸 아버지 장례식 때 오열했다. 화장장에서 아버지를 위해 춤을 춰야겠다고 마음먹고 나서 준비한 안무는 훌라였다. 평생 촌에서 농사를 지었던 아버지와 어울리는 춤이었다. 태양의 기운을 받아 온몸으로 발산하고 싶었다. 머리에 꽃을 얹고 골반을 돌리는 훌라를 불경 소리에 맞춰 연출한 것이다. 슬픔을 기쁨으로 승화하는 것이 아버지의 영혼을 위한 것으로 생각했다.

49재의 의미는 돌아가신 날로부터 49일 동안 7번, 7일째마다 제를 지내 돌아가신 분의 명복을 비는 천도 의식이다. 이레 만에 한 번씩 제를 올리는 이유는 사람이 죽으면 다음 생을 받을 때까지 육신 없이 혼령만 있는 중음신으로 떠돌다가 49일 안에 자신의 업을 심판받게 된다고 했다. 유가족이 영가를 위해 공덕을 지으면 좋은 곳에 갈 수 있다는데 내가 가만히 있을 수 없는 일이었다. 내가 혼신을 다해 가장 잘할 수 있는 일은 춤을 추는 것이다. 아버지가 내 춤을 보면서 두둥실 좋은 곳으로 가서 편히 지내시길 바랐다.

영정사진이 타들어 가는 동안 검은 드레스를 입은 여자가 하얀 국화를 머리에 얹고 골반을 돌리며 훌라를 췄다. 목탁 소리에 맞춰 태양을 표현하려고 두 손을 머리 위로 둥근 모양을 만들었다. 마음을 표현하려고 두 손을 가슴에 모았다. 처음엔 사람들의 눈길에 몸이 뜨거워졌지만 용기를 내고 의식을 위한 주문을 외웠다. 고모가 달려와 나를 말렸지만 나는 단호하게 물리쳤다. 고모는 내 의식의 의미를 알아차리고 물러났다. 가족들과 경내 사람들은 나를 정신 나간 여자로 알았을 것이다. 춤출 때는 몸짓과 시선이 일치해야 한다. 손을 뻗으면 손끝을 바라보며 몸을 움직여야 동작이 자연스럽다. 나는 사람들의 시선을 의식하지 않고 춤에 빠져들었다. 춤을 추면서 아버지를 생각했다. 나는 춤을 추며 해외여행을 한 번도 가보지 않은 아버지를 휴양지의 뜨거운 태양 아래로 데려갔다. 목탁 소리가 점점 커졌다. 나는 머리에 하얀 국화를 하나 더 올린 다음 골반을 유연하게 돌리며 춤을 췄다. 눈을 감고 춤을 추면서 손가락 끝으로 그림을 그리듯이 극락의 아름다움을 표현했다. 극락의 바다를 표현하려고 손목을 돌리며 물결 모양을 만들었다. 넘실넘실 손아래 영롱한 물이 만져지는 것 같았다. 나는 발그레해진 볼을 타고 흐르는 땀을 계속 훔쳐내며 훌라가 상징하는 평화와 온화한 마음 그리고 아름다움을 발산하는 심오함을 표현했다. 훌라는 감정을 표현하는데 적합한 마법 같은 춤이었다. 나의 마무리 동작은 꽃망울이 활짝 피는 모습이었다.
내가 춤을 끝내자 아버지의 영혼은 연꽃의 형상으로 변했다.
눈을 뜨자 순결하고 황홀한 햇살이 나를 감싸고 있었다. 영정사진을 태운 꽃봉오리 가마 앞으로 갔다. 시원한 바람이 불었다. 춤을 출 때 바람이 불었다면 그 바람도 표현했을 것이다. 소나무에 앉은 까치가 울었다. 북한산 서쪽 기슭에 있는 조계종 소속 고려시대의 고찰인 진관사는 신비로운 소나무들이 병풍처럼 둘러싼 곳이다. 탈피하듯 비늘을 벗은 소나무 기둥들이 금빛이어서 오늘 특별 공연을 위한 무대장치 같았다.
다시 까치가 울자 소나무들이 하늘을 향해 가지를 뻗었다. 까치가 밥 먹을 준비를 하는 듯했다. 꽃봉오리 가마 옆에는 연꽃받침 같은 둥근 돌조각이 있었다. 그곳에 제사 음식이 가득했다. 종손이었던 아버지는 어머니 보다 제사를 중요시 했다. 어머니는 아들을 낳지 못하고 고생만 하다 돌아가셨다. 집을 나오던 날 나는 제사상 위에 올라가 춤을 추고 싶었다.
까치를 위한 밥상을 바라보다가 꽃봉오리 가마의 철문을 열어 보았다. 자세히 보니 철문의 주위는 온통 그을음이 두텁게 달라붙어 있었다. 거기에 아버지의 그을음이 더해져 윤이 났다. 아버지는 검디검은 그을음을 내고 희뿌연 재를 남기고 가셨다. 아버진 내 춤을 보면서 흐뭇하셨을 것이다. 고모는 내가 태양 아래서 춤을 출 때 가장 아름답다고 했다. 오랜만에 태양을 품은 춤이라 만족스러웠다. 그동안 일상에서는 잘 쓰지 않는 근육을 깨워 흥겹게 춤을 췄다. 담아 두었던 감정이 춤을 통해 빠져나가가자 다른 내가 된 기분이었다.

문학나무 스마트소설 발표작가

김호운

1978년 『월간문학』신인상 등단. 장편소설 『황토荒土』 『님의 침묵』 『스웨덴 숲속에서 온 달라헤스트』 『표해록漂海錄』 『바이칼, 단군의 태양을 품다』 등, 소설집 『겨울 선부리』 『그림 속에서 튀어나온 청소부』 등, 콩트집 『궁합이 맞습니다』 『바람잡힌 남편』 등, 에세이집 『연꽃,미소』 등 작품집 30여 권 출간. 한국소설문학상, 한국문학백년상, 녹색문학상. 2018년 시선 · 올해 최고작품상(소설 부문) 수상. 한국소설가협회 이사장. e-mail:penker@naver.com

문학은 한 그루 나무를 심는 일과 같다. 사람과 사람이 사는 세상에 숨 쉴 수 있는 맑은 공기를 만들어주는 그런 나무다. 이 나무가 없으면 세상은 인정이 메마른 사막이 된다. 그런 사막에서는 사람이 살 수가 없다. 나는 그런 튼실한 나무 한 그루를 심어 가꾸고 싶다 — 독자에게

사진 설명 | 2019년 예술의 전당 야외에서 ⓒ이영철 소설가 _ 180p 좌 | 초등학교 때 교내 백일장에 동시가 입선한 기념으로 어머니와 동네 사진관에서 찍음 _ 180p 우 | 2017년, 소설가 한무숙 선생 댁을 방문. 앞줄 한무숙 선생 내외분(부군 황병기 선생은 가야금 명창), 뒷줄 왼쪽 소설가 김지연 _ 181p | 2017년 울산 오영수문학관에서 _ 183p

헤르타 뮐러의 손수건

김호운

하늘이 참 맑고 높다. 어려서 그랬는지 나는 궁금한 게 참 많았다.
"엄마, 하늘이 왜 파래?
가을하늘이 왜 까마득히 높은지 궁금해서 어머니에게 물었다. 마당에 펴놓았던 멍석을 말던 어머니는 일손을 멈추고 잠시 멈칫하더니 이내 다시 멍석을 만다. 그러다 문득 생각이 난 듯 혼잣말처럼 툭 던졌다.
"밤이슬이 밤새 하늘을 닦아 놓아서 그렇지."
이때쯤 되면 여름내 마당에 펴 둔 채 식사도 하고 모깃불을 피우고 잠자기도 하던 멍석을 어머니는 저녁상 물린 뒤 꼭 말아서 거둔다. 밤이슬에 짚으로 만든 멍석이 젖기 때문이다. 그걸 보며 나는 밤이슬이 가을하늘을 깨끗하게 닦는다는 어머니의 말을 믿었다. 빛의 산란 작용으로 가을하늘이 높아 보인다는 걸 알고 나서도 나는 어머니가 한 그 말을 여전히 믿는다. 대기가 맑아 빛의 산란이 적어서 하늘이 파래 보이는 원리를 알았을 턱이 없는 어머니는 수많은 가을을 보내며 느낀 감정을 그렇게 표현했다. 생각해 보면, 그냥 툭 던지는 것 같은 어머니의 말은 이처럼 언제나 옳았다.

어른이 되어 내 자식을 키우면서 나는 비로소 어머니의 그 마음을 읽었다. 당신이 아는 만큼만, 자라는 자식의 생각을 넘어가지 않으려는, 속 깊은 어머니의 마음이다. 나는 그렇게 어머니의 넉넉한 가슴에서 컸다.

그 어머니가 이제 내 곁에 없다. 생각이 풀리지 않을 때 속 시원하게 해결해 주는 기둥이 없어졌다. 똑똑해져서 나 혼자서도 잘 살아갈 수 있을 줄 알았는데, 나이 들수록 모르는 일이 하나둘이 아니다. 그래서 가을이 되면 깊고 넓은 어머니의 가슴이 더 그립다. 그래서인지 이젠 가을하늘이 내겐 그렇게 아름다워 보이지 않는다. 너무 맑고 파래서 가슴이 시리도록 싸하다. 젊을 때는 이런 날이면 어디론가 달려가고 싶었는데, 언제부터인가 마음이 심드렁해졌다. 이런 변화는 어머님이 돌아가신 뒤부터인 듯싶다. 즐거운 건지 슬픈 건지 딱히 구별할 수 없을 정도로 그저 무덤덤하게 가을을 맞는다.

어릴 때부터 어머니는 매일 사과 한 개씩을 내게 먹였다. 아무리 시골에 살아도 과수원집이 아닌 이상 매일 사과 한 개씩 먹는 건 쉬운 일이 아니다. 어머니는 그렇게 쌀처럼 더 귀하게 여기며 집안에 사과를 꼭 준비해 두었다. 달리 영양가 있는 음식을 먹을 수 없을 때여서 튼튼하게 나를 키우려는 어머니의 열망이 아니었을까 싶다.

어머니의 그런 마음은 결혼하여 내 가족이 생긴 뒤에도 식지 않았다. 늘 사과 상자를 택배로 보내주셨다. 바쁘다는 핑계로 안부 전화가 늦을 즈음이면 어머니가 먼저 전화를 한다. 첫 마디는 언제나 "사과 있느냐?"였다. 몇 번 그러고 난 뒤, 나는 나도 모르게 근무 중에 전화한다고 짜증부터 냈다. 그 뒤로 "사과…… 있느냐?"로 바뀌었다. 길지도 않은 그 말을 어머니는 한 번에 하지 않고 꼭 두 음절로 나누어 '사과……'한 뒤 잠시 뜸을 들인 뒤에 '있느냐?'라고 한다. 그제야 '사과 있느냐?'는 질문을 하기 위해서가 아니라 자식 목소리를 듣고 싶어서 전화했다는 걸 알아차리고는 몹시 미안하고 죄송했다. 나는 늘 그렇게 어머니보다 한발 늦게 세상을 알았다.

지금도 아침 밥상에는 늘 아내가 사과 한 알을 올려놓는다. 어머니가 "내 사는 동안은 사과를 보내줄 테니, 반찬은 빼먹더라도 사과는 꼭 올려놓아야 한다."라고 당부했다는 것이다. 시장 보러 가면 아내는 언제나 사과부터 챙겨 산다.

이제야 어머니의 그 마음을 읽었다. 어머니는 사과 한 알을 '산삼'처럼 생각한 게 아니라, 자식에게 '관심(關心)'의 끈을 놓고 싶지 않았다. 그 사과 한 알에 당신의 마음을 모두 담았다.

오늘 루마니아 출신 독일 소설가 헤르타 뮐러의 장편소설 『숨그네』를 다시 읽었다. 오래전에 한 번 읽은 소설인데, 갑자기 2009년 그녀가 노벨문학상을 받을 때 발표한 수상소감이 떠올라서였다. 그녀는 수상소감에서 자신의 어머니 이야기를 했다. 외할머니는 그녀 어머니가 어릴 적부터 집 나설 때는 늘 "손수건 있니?"라고 물었다고 한다. 어떨 때는 이 말이 듣고 싶어서 그녀 어머니는 일부러 손수건을 가지고 나오지 않았다. 대문을 나서다 말고 "손수건 있니?"라는 말을 듣고 나서 방으로 뛰어가 손수건을 가지고 나오기도 했다. 그 손수건은 '어머니의 마음'이었다. 혼란기 때 경찰서로 붙잡혀간 그녀의 어머니는 대문을 나서다가 말고 환청처럼 "손수건 있니?"라는 어머니의 말을 듣고 부랴부랴 방으로 가서 손수건을 가지고 간다. 구치소에서 눈물을 닦던 그 손수건으로 구치소 책상이며 바닥을 닦기도 한다. 그녀가 어머니에게 왜 그랬느냐고 물었을 때 어머니는 "시간을 보낼 일거리가 필요했다."라고 말했다. 손수건은 바로 '어머니의 관심'이었다. 이것이 그 힘든 시기를 잘 견디어내게 했다.

그 '손수건'이 헤르타 뮐러에게도 전해졌다. 그녀는 자신의 소설 『숨그네』에 이 손수건을 담았다. 주인공 소년이 우크라이나에 있는 소련 수용소로 끌려갈 때, 소년을 향해 할머니가 "너는 돌아올 거야."라고 말했다. 마치 그녀 어머니에게 외할머니가 "손수건 있니?"라고 물은 것과 같은 말이다. 소년은 손수건을 가지고 있지 않았지만, 할머니의 그 말이 손수건이 되어 그 혹독한 수용소 생활을 견뎌냈다.

나는 지금 한 손에 사과를 든 채 헤르타 뮐러의 『숨그네』를 읽는다. 멀리서 내 어머니의 목소리가 희미하게 들린다.
"사과…… 있느냐?"

문학나무 스마트소설 발표작가

박인

중앙대 문예창작학과, 영국 웨스트민스터대 졸업. 2014년 『문학나무』 단편소설 신인상 당선. 스마트소설집 『네 여자 세 남자』(공저), 소설집 『말이라 불린 남자』. e-mail : podiman@hanmail.net

침묵할 수밖에 없는 풍경 앞에서 사람과 사람 사이에서 푸르게 빛나는 내 쓸쓸함이여, 너는 쓸쓸함을 지운다 — 독자에게

사진 설명 | 망중한 포착하다 _ 186p | 몽골 고비사막 사구에서 _ 187p

아버지 _ 박인

아버지는 한밤중에 깨어나서 산동네 오막살이 지붕 위로 올라갔습니다. 낡은 기와지붕 옆에 작은 장독대가 있었지요. 컴컴한 밤이면 장독대로 올라가는 사다리에서 삐걱 대는 발소리가 들리곤 했어요. 아버지는 술에 취해 몽유병에 걸린 사람처럼 밤하늘의 별을 올려다보았죠. 그러다 술이 깨면 라산스카가 부른 노래를 흥얼거렸죠. 사랑스러운 애니로리. 아버지는 사람들이 잘 모르는 라산스카를 좋아했습니다. 담배를 한 대 피운 후 또 낮게 흥얼거리는 소리가 들렸죠. 엄마와 제 동생은 이불 속에 누워 자는 척하지만, 코와 귀는 열려 있으니까요. 라산스카는 맑고 순수한 영혼의 목소리를 가진 소프라노 가수였어요. 아버지는 어린 내게 자주 그녀의 노래를 들려주었어요. 그녀 목소리는 아름답지만, 자세히 들으면 어두운 음색과 우수가 깃들어 있었습니다. 유대인인 그녀는 스무 살에 한 남자와 결혼하고 살다가 헤어지고 다시 만나기를 반복하며 살았죠. 순탄치 않은 삶을 거치면서 두 딸을 낳았어요. 그녀 나이 서른셋에 남편은 먼저 저세상으로 갔고요. 릴 테이프를 돌리면 지글지글 바늘이 긁히는 잡음이 많이 들렸습니다. 하지만 그녀 노래를 들으면 세상 걱정이 사라지고 한 여자의 일생에 연민이 느껴졌지요. 세상살이 험하여도 언제나 그립고 반가운 목소리 라산스카. 아버지의 순수한 뮤즈, 라산스카.

"아빠는 죽어서도 천국에 갈 수 없단다. 살면서 지은 죄가 커서 영혼이 없으니까."

오래전에 아버지는 동아방송국 클래식 음악방송 담당 일을 그만두었습니다. 클래식 음악을 틀고 듣는 일이 삶의 유일한 희망이었는데. 릴 테이프로 듣는 클래식 음악과 빨간 뚜껑 두꺼비소주 세 병만 있으면 천국이 따로 없었죠, 신군부가 계엄령을 내린 후에도 클래식 음악을 들으려고 가끔 방송국에 들렀어요. 군인들이 민간인을 죽이는 암흑세상에서는 죽고 사는 일이 파리 목숨이었지요. 아우슈비츠 학살이 생각났대요. 아버지는 방송국 정문을 지키는 계엄군의 철모를 주먹으로 내리쳤어요. 전쟁의 상흔이 생각나서 전보다 심하게 술을 마셨습니다. 수중에 돈이 생기면 모두 술집에 갖다 바쳤어요. 엄마는 시장바닥에서 좌판을 펴고 행상을 했어요. 장사수완이 없는 엄마가 벌어서 준 용돈으로 아버지는 판자촌 구멍가게에서 소주를 사서 마셨지요. 이웃 동네 가게에서조차 술을 팔지 않자 훔쳐서 마시기도 했습니다. 주인한테 걸려서 얻어터지기도 했지요.
언젠가 연탄가스 중독으로 돌아가신 할머니를 부르며 우시는 아버지를 본 적이 있어요.
"어머니. 나는 아직 살아있어요. 아직도 인간이 못되어 좋은 글 못 쓰고 있어요. 다만 몇 줄이라도 좋으니 세상에 남길만한 글을 쓰다 죽고 싶어요. 불쌍한 어머니."
아버지 손을 잡고 소풍 간 날이 생각납니다. 수락산 언저리 풀밭에 앉아서 김밥을 먹었지요. 모자를 눌러 쓴 아버지는 말없이 소주만 드시고는 내게 맛있냐고 물었어요. 그리고 고개를 들어 하늘의 구름을 바라보다가 풀밭에 같이 눕자고 했어요. 누워서 하늘을 보자고. 소나무 가지에 걸린 거미줄에 햇빛이 반짝였습니다. 파란 하늘에는 새들이 날아갔어요. 아버지는 내게 눈을 감으라고 했어요. 그리고는 어린아이 조막손만 한 돌을 제 가슴과 당신 위에 올려놓았습니다. 약간 무섭고 창피한 나는 눈을 뜨고 아버지에게 물었어요.

"아빠, 제 가슴에 왜 돌을 올려놓았어요?"

"네가 하늘로 푸드덕 날아갈까 봐."

아버지는 당신과 가장 닮은 나를 가장 좋아했습니다. 죄 많은 어른과 대비되는 순수한 아이들을 사랑했지요. 잠시 머물다 갈 인간들이 오염시킨 이 세상, 순수한 아이들이 물들까 걱정했어요. 자본과 권력이라는 허상들이 무지개처럼 펼쳐진 이 세상, 착한 사람들이 고통받는 일에 마음 아파했어요.

아버지는 비밀이 많으셨습니다. 아버지 일본 유학 시절은 잘 모르지만, 할아버지 반대에도 불구하고 음악을 사랑해서 작곡법을 공부하려고 했죠. 문학을 한다고 집에서 학비를 끊자 부두노동자로 일하면서 번 돈으로 세계문학 전집을 한 권씩 사서 읽었대요. 음반을 사서 모으기도 했고요. 그렇지만 가세가 기울기 시작하자 집에서 책을 읽거나 음악을 듣는 일은 거의 없었어요. 네 식구가 누우면 꽉 차는 셋방살이 단칸방에서 책과 음악이라니. 낮에는 잠을 자거나 아니면 깡소주를 마셨습니다. 술을 마시면서 영화『흑인 올페』주제곡을 흥얼거리듯 불렀어요. '카니발의 아침'을 음유시인처럼 저음으로 불렀지요. '메기의 추억'도요. 그러다가 한국에서 시인으로 환생한 라산스카를 만난 것 같아요. 꿈속의 그녀를 생시에 만나 사랑에 빠진 거예요. 외박이 잦아졌죠. 라산스카는 순수한 시의 뮤즈였을 것 같아요. 정신없이 그녀에게 빠져들었는지 그사이에 아들이 태어났지요. 나의 이복동생인 아이는 그녀가 혼자 키웠어요. 아버지가 엄마 몰래 지은 죄 중에 가장 큰 일이죠. 아버지는 잠시 머물다 가는 손님처럼 살고 있었습니다. 더 높고 작은 판잣집으로 이사하는 날이면 레코드판만 껴안고 슬그머니 자리를 피했어요. 무교동과 종로와 명동과 남산과 서울역 앞을 헤매고 다녔어요. 흔적도 없이 사라져버린 그녀 라산스카를 찾아서. 가슴의 불타는 고통이 시작되면 눕지도 씻지도 못하고 도깨비처럼 서울 시내를 무작정 걸었어요. 모차르트와 말러와 드뷔시와 세자르 프랑크의 음악을 찾아서.
아버지는 주변 여자들이 당신 때문에 불행해지는 것을 마음 아파했을 겁니다. 엄마에게 고생시켜 미안하다며 늘 같은 말씀을 하셨죠. 그런 '유언'을 엄마는 듣고 싶지 않았어요. 엄마는 아버지가 이 세상에서 가장 위대한 시인이라고 믿었으니까요. 가족이 모두 잠든 밤에 지붕에 올라가 별을 보거나 아니면 새벽까지 엎드려서 시를 썼어요. 밤새 시를 써서 아침에 내게 보여주곤 했어요. 그리곤 유언하듯 말했습니다.
"너는 꼭 행복하게 살아야 한다. 아빠처럼 실패한 삶을 살지 말아야 해. 나라를 잃은 적이 있고 고향을 버리고 남녘으로 내려와 사랑을 잃은 아빠처럼……."
아버지는 죽기 전에 가톨릭 세례를 받았어요. 간 경화 말기에도 밥도 드시지 않고 독주를 마셨지요. 마지막 식사인 생선 초밥을 먹고 난 후 아버지는 후식으로 연시를 먹고 싶다고 말했어요. 내가 길음시장으로 연시를 사러 간 사이 당신은 돌아가셨습니다. 라산스카, 라산스카를 찾으면서 세상을 뜨셨을까요. 슬픈데도 웃음이 납니다. 이 세상 모든 여자는 라산스카처럼 사랑을 하고 아이를 낳고 기르다가 어느덧 혼자가 되는 걸까요? 지금은 내 기억 속에 잠들어 얼굴조차 가물거리는 아버지. 사람은 이 세상에 태어난 후 꼭 한번은 죽을 운명이겠죠. 하늘나라에 가면 아버지를 다시 만나고 싶어요. 오늘 밤 꿈에서라도 만난다면 아버지를 끌어안고 말하고 싶어요. 아버지를 보고 싶었다고. 매일 생각했다고. 당신을 정말로 사랑한다고.

문학나무 스마트소설 발표작가

원교

2014년 『문학나무』추천작품상에 단편소설 「꿈의 소리」로 등단. 시집 『동그란 얼굴』 『살다 보면 아프다』. e-mail:suken678@naver.com

달이 뜨자, 개구리 소리가 더욱 크게 들렸다
"개굴개굴, 개굴!"
지금쯤, 지난가을 헤어졌던 개구리 친구들을 다시 만난 것일까
— 독자에게

파피루스, 누구

원교

개나리가 샛노란 색 꽃을 떨구고, 애기똥풀이 똑같은 색 꽃을 피울 때, 꽃보다 늦은 개나리 새잎이 파랗게 돋았다.
늙은 아이가 함지에 파피루스 모종이 잠길 정도로 물을 부었다. 그리고 마른 흙이 남아 있는 삽과 호미를 꺼내어 깨끗이 닦았다.

약 이천오백 년 전, '피타고라스의 정리'가 쓰여질 때만 해도, 크리스트교의 경전이 쓰여질 때만 해도 인기가 하늘을 찌르던 것이 파피루스로 만든 종이였다. 이제는 이천오백 년을 넘게 살았다는 늙은 아이 정도라야 알아볼까, 파피루스를 찾거나 심는 이들이 드물었다.
"개굴!"
늙은 아이가 파피루스 모종을 심기 위해 오랫동안 논이었다가 밭이 된 흙을 골라 다시 논으로 만들려던 찰나에 겨울잠을 자던 개구리가 툭 하고 땅속에서 튀어나오며 지른 소리였다.
늙은 아이와 개구리가 서로를 알아채지 못한 듯했다.
개구리는 건강한 청년의 모습이었지만, 잠에서 깬 지 얼마 안 되어 그런지, 반쯤 감은 눈이 졸려 보였다. 지난가을 이 근처를 떠난 개구리 중 한 마리가 이곳을 다시 찾은 모양이었다 — 겨울잠에서 깨고 나면 어른 개구리가 되어 있을 꿈도 꾸었을 테지 — 이곳은 들깨밭이었는데, 깨어보니 봄이 오고, 작은 파피루스 논이 생기는 거였다.

개구리가 늙은 아이의 밭 근처를 떠나지 않았다. 머물 곳을 찾는 중일까. 아니면, 곧 지나갈까. 머물 거라면 물이 필요할 텐데. 그래야 알을 낳고……. 겨울도 준비하지 않겠는가. 그의 조상의 조상도 그랬을 테고, 그도 지난 몇 년 동안 이곳 근처에서 그랬지 않았겠는가.

늙은 아이가 삽으로 파내던 땅을 호미로 다듬었다. 밭의 모양이 얼추 삼각형의 모양을 갖추자 파피루스를 심고, 물을 부었다. 물이 필요했던 개구리가 마침 이곳이다 싶었나 보다. 물속으로 풍덩 뛰어들었다. 늙은 아이가 고개를 획 돌려 보며 놀란 듯 개구리에게 물었다.

"이크, 깜짝이야! 허허허, 그런데, 넌 누구냐?"

"……"

잠깐의 침묵을 뒤로하고, 늙은 아이가 밭 가에 무릎을 꿇고 앉아 흙 묻은 소매를 걷었다. 온통 검게 그을린 그의 팔뚝을 따라 굵은 핏줄이 칡넝쿨처럼 돋아나 보였다. 불규칙하지만, 개구리 등에서도 진하게 그어진 검은 선이 돋보였다. 늙은 아이가 무언가 신기한 걸 발견이라도 한 듯 개구리에게 다시 말을 걸었다.

"파피루스 논에 나타났으니…… '파피루스 개구리' 어때? 아니 그냥, '파피루스'로 하자. 이제부터 네 이름은 파피루스야, 파피루스! 허허허~. 허기야~ 네 이름이, 네가 누구라는 게 무슨 의미가 있겠냐마는……. 풀은 풀이요 개구리는 그냥 개구리인 것을, 허허허."

늙은 아이가 크게 웃으며 말을 건넸지만, 개구리는 눈도 깜박이지 않았다. 계속 웃고 있는 늙은 아이에게는 이 만남이 기쁨이었을지 몰라도, 개구리에게는 그게 아니었을지도 모를 일이었다.

달이 뜨자, 개구리 소리가 더욱 크게 들렸다.
"개굴개굴, 개굴!"
지금쯤, 지난가을 헤어졌던 개구리 친구들을 다시 만난 것일까. 모두 살아 있기는 한 것일까. 길어도 한세상, 짧아도 한세

상, 친구를 만나고 노는 일이 곧 기쁨이라 하지 않았던가. 하기야, 그가 내년에 이곳에 또 나타날지, 아닐지 그 누가 알겠는가, 아무도 몰랐다. 이런저런 생각이 꼬리에 꼬리를 물었지만, 개구리가 내는 소리의 뜻을 알 길이 없었다.

늙은 아이가 파피루스 모종을 심던 날, 풀은 그의 밭에서 첫날 밤을 보냈고, 개구리는 거미를 잡아먹으며 밤을 새웠다.

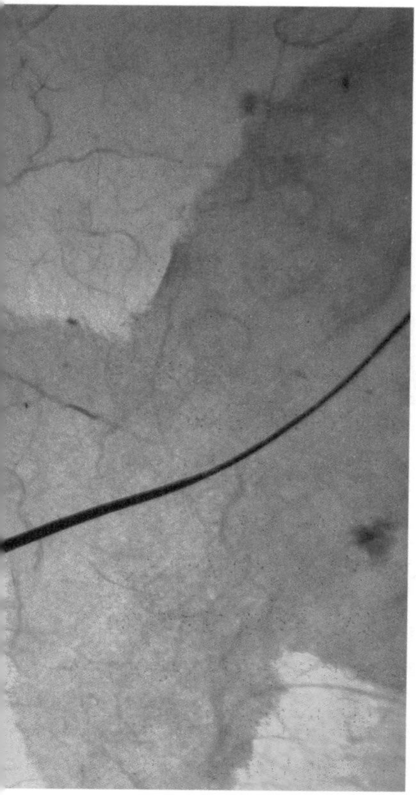

사진 설명 | 그는 떠나고 나는 바닷가를 걷고 _ 192p 상 | 검둥이가 검둥이를 부른다 _ 192p 하 | 잊었던 나 _ 193p | 꿈을 부르는 나비 _ 196p

문학나무 스마트소설 발표작가

정광모

부산 출생. 2010년『어서 오십시오, 음치입니다』로 『한국소설』신인상을 받으며 작품 활동. 부산대학교를 거쳐 한국외국어대학 정책과학대학원을 졸업. 작품집 『작화증 사내』 『존슨 기억 판매회사』 『나는 장성택입니다』, 장편소설 『토스쿠』 『마지막 감식』, 그 외 『작가의 드론독서 1, 2, 3』이 있다. 부산작가상과 부산소설문학상 수상. 현재 부산소설가협회 부회장.

문학의 경쟁력은 '제조 원가'에 있다. 문학만큼 '원가 경쟁력'이 뛰어난 예술 장르는 없다. 작가는 노트북 하나로 다리를 무너뜨리고 시위와 폭격 장면을 묘사할 수 있다. '원가 경쟁력'은 충분히 좋으니 문인에게 필요한 것은 문학적 상상력과 기존의 문학 관습에 얽매이지 않는 대담한 시도가 아닐까? — 독자에게

사진 설명 | 칭다오 라오서 박물관 _ 198p | 카프카기념관, 프라하 _ 199p

바이러스 공장 _ 정광모

소녀 체온은 39.7도였다. 소녀의 폐를 찍은 CT 사진은 밤 골목을 찍은 것처럼 까맸다. 소녀는 고열에 시달리고 호흡 곤란으로 죽음의 문턱에 서성대야 했다. 그런데 소녀는 멀쩡하게 잡지를 읽고 좋아하는 음악을 들으면서 병실 복도를 산책했다. 대학병원에서 소녀의 가래와 코 분비물을 채취해서 바이러스 연구소에 보내왔다. 모종성은 검사 의뢰서를 읽고 D레벨 방호복으로 온 몸을 감싸고 실험실로 들어갔다. 강화유리로 막은 옆 실험실에서 유서연이 실험 장비를 돌리고 있었다.

모종성은 검체 시료를 유전자 증폭시켜 분석 프로그램에 넣었다. 처음 보는 뭔가가 있었다. 프로그램은 경고 신호를 보내면서도 정체를 찾지 못했다. 그는 전자현미경에 검체를 올려 배율을 올렸다. 이게 뭐지? 바이러스지만 비교 대상이 없는 신종이었다. 모종성은 옆 실험실로 전화를 걸어 유서연에게 말했다. 신종 바이러스 같아. 저런, 3차원 단백질 분석을 돌려야겠네. 내가 건너갈게.

유서연이 검역을 거치고 3단계 방역 문을 통과해서 모종성 실험실로 건너왔다. 유서연은 아프리카 열대우림에서 몇 년간 바이러스만 연구한 전문가였다. 유서연이 화면에 천연색으로 떠오른 3차원 분석도를 보며 비명을 질렀다.

맙소사. 이건 니파 바이러스에 헨드라 바이러스가 합해진 거

잖아. 저 비틀어져 접합된 부분을 봐. 복잡하게 꼬인 실 모양에는 마르부르크 바이러스도 들어가 있는 것 같은데. 어떻게 이런 복합 바이러스가…… 연구소에 경보 울려.

그날 저녁에 열린 긴급회의에서 비상대응팀장이 말했다. 소녀는 1인 음압병상에 수용하고 접촉을 차단했습니다. 소장이 말했다. 그 애 말이야, 복합 바이러스에 감염돼 고열이 나는데 왜 온전하지? 부모 DNA를 조사해 보지 그랬어? 대응팀장이 말했다. 글쎄요. 아이는 보육원에서 자랐고 부모가 누구인지는 전혀 모른답니다. 뭐야! 하늘에서 툭 떨어진 애라는 거야! 모종성이 대화를 바꿨다. 복합 바이러스는 종말 바이러스입니다. 소장이 화를 내며 말했다. 진중한 회의에 무슨 쓸데없는 소리야. 자네 종말론 아직도 믿나! 그런 말 하려면 여기서 나가. 모종성이 말했다. 소녀가 병원에 입원한 후로 보름이 지났어요. 그 사이에 많은 사람이 병원을 다녀갔죠. 무증상인 소녀가 전파를 했든, 아니면 그 이전에 다른 전파자가 있든 대부분의 사람이 감염되었다고 봐야죠. 바이러스 재생산지수가 아주 높을 겁니다. 유서연이 말했다. 우린 예측 놀이할 만큼 한가하지 않아요. 질병관리본부와 세계보건기구에도 보고해야 하고요. 모종성이 말했다. 친구가 일하는 개인병원에 연락했습니다. 코 분비물 검체를 뽑아서 보내달라고요. 3사람 검체가 왔어요. 모두 복합 바이러스에 감염되었습니다. 끝을 부르는 바이러스입니다. 조로아스터교에서 말하는 종말의 시대가 온 것이죠.

소장은 모종성이 바이러스 취급에 관한 연구소 규정을 어겼다며 화를 냈다. 이건 해고 감이야. 개인이 요청해서 위험한 바이러스를 검사하다니. 모종성은 태평스레 대답했다. 유럽과 미국의 바이러스 연구소에 우리 검사 결과를 보냅시다. 거기도 감염되었을 겁니다. 이틀 뒤에 유럽과 미국의 바이러스 연구소와 세계보건기구 비상대응팀이 참가한 화상회의가 열렸다. 병원과 일반인들에게 광범위하게 복합 바이러스가 퍼져 있었다. 검사를 한 사람에게서 복합 바이러스가 발견되는 확률은 91퍼센트에 가까웠다. 특이하게 모두가 무증상이었다. 모종성은 검사가 잘못되었다고 말했다. 91퍼센트가 아니라 99퍼센트일 거요.

그날 밤에 열린 비상회의에서 모종성이 화면에 뜬 복합 바이러스 입체 구조도 아래쪽 보라색 끈 모양을 가리켰다. 이게 이상해요. 바이러스 검사를 하면 다른 곳은 똑같은데 어떤 놈은 이 부분이 짧고, 어떤 건 길어요. 보라색 끈은 바이러스가 인간 몸에 잠입해서 증세를 나타내는 시간과 관련 있는 곳이에요. 일종의 타이머죠. 오래된 바이러스는 복제를 많이 해서 보라색 끈이 짧고 먼저 증상이 나타나야 하는데 다 똑같아요.

도대체 무슨 이야기를 하는 거야. 제 말은, 타이머가 장착된 바이러스라는 거예요. 먼저 감염되었거나 뒤에 그렇게 된 시간과 관계없이 동시에 증상이 터진다는 거죠. 감염된 사람이 같은 때에 고열과 호흡곤란에 시달리다 피거품을 뿜고 경련을 일으키며 죽는 거죠. 대응팀장이 반박했다. 무증상으로 지내다 바이러스가 자연히 소멸할 수도 있어. 모두가 감염됐다지만 모두가 증상이 없잖아. 그렇게 곱게 끝날 거면 바이러스가 복잡하게 변이 노력을 할 이유가 없죠.
회의실에서 누가 볼펜을 떨어뜨리자 소리가 크게 들렸다. 모두가 조용했다. 누가 말했다. 군사연구소에서 바이러스가 탈출했을 수도 있겠군. 아니죠. 바이러스 스스로가 기획하고 변이한 것일 수도 있죠. 모종성이 유서연에게 말했다. 저번 재개발 아파트를 안 사기를 잘했어. 앞으로 오를 일은 없을 것 같은데.
다음 날 오전 전세계 바이러스 연구소와 세계보건기구에서 속속 정보가 들어왔다. 대략 석 달로 추정되는 잠복기 사이에 복합 바이러스는 전세계에 퍼져 있었다. 검사를 받는 사람은 모두 감염되어 있었다. 고립 생활을 하는 북극과 아마존의 밀림, 오지에 사는 부족들은 감염되지 않았다. 유서연이 물었다. 그럼 그 소녀는 어떻게 된 거야. 열이 39.7도인데 멀쩡하잖아. 자연이 선물한 희귀 면역력이겠지. 앞으로 살아남을 새 인류의 이브가 될 수도 있을 걸. 유서연이 말했다. 다가올 상황을 즐기는 거 아냐? 모종성은 종말을 좋아하잖아. 내가! 난 기쁘지 않아. 단지 종말을 담담하게 받아들일 뿐이야.
바이러스 연구소는 분주하고 긴박하게 돌아갔다. 그러나 보름이 지나도 아무런 일도 일어나지 않았다. 거의 모두가 감염되었지만 모두가 밥을 먹고 운동을 하고 여행을 다녔다. 유서연은 모종성의 이론을 의심했다. 개의 종말론 허풍이 늘 그렇지 뭐.
봄 가뭄이 끝나고 비가 내렸다. 꽃과 나무가 빗방울을 받으며 즐겁게 바람에 흔들렸다. 뉴스 속보로 응급실에 입원하지 못해 진을 친 환자들이 뜨면서 고열과 호흡곤란에 시달리는 환자가 급증했다는 기사가 떴다. 모종성이 커피를 마시며 유서연에게 말했다. "시작이야." ✈

문학나무 스마트소설 발표작가

정승재

2002년 『문학나무』신인상 수상(카페 밀레니엄) 데뷔. 소설집 『내 남편이 대통령이었으면 좋겠다』 『붉은 이마 여자』(공저), 기타 저서 『법과 사회』 『한국 스포츠법 입문』 『스포츠와 법』 등 다수. 한국소설문학상, 한국산악문학상 수상. 현재 한국소설가협회 이사, 한국작가교수회 기획이사, 장안대학교 행정법률과 교수, 한국스포츠문화법연구소 소장. e-mail:hongjusj@hanmail.net

오늘 아침에도 나는 탈출을 시도하고 있었다
문지기가 말했다
이제 퇴근시간이오. 당신은 언제든지 나갈 수 있었소,
이제 문을 잠그고 퇴근을 해야만 하오

— 독자에게

미인도 _ 정승재

다시 아침이다.

오늘 아침도 나는 탈출을 시도하고 있다.

하늘이 파랗다 못해 세상이 모두 파란 물감을 뿌린 듯 깊고푸른 아침 4시 16분이다. 벽에 걸린 그림 미인도가, 파란 하늘빛을 받아 보라색으로 빛나고 있다. 그림 속의 미인은 선희를 닮았다. 머리카락마다 하나씩 있는 눈동자는 푸른색이었다. 언제 갇혔는지 모를 이 절벽 중턱의 작은 감옥에서 세상이 온통 파란 빛이라는 느낌을 받으며 눈을 떴을 때, 나는 미인도의 눈동자를 벗어나 기어이 이곳에서 탈출하리라고 다짐을 했다. 늙은 사내는 오늘도 녹슨 철창 밖에서 문을 지키고 서 있었다. 그렇다, 아침에 눈을 뜰 때마다, 나는 탈출을 꿈꾸었던 것이다. 이 절벽에 갇힌 것이 언제부터인지 모르겠다. 깊은 절벽 위 바다로 향해있는 닫힌 문. 그 문짝 위에 나 있는 작은 창. 그 창을 가로막고 서 있는 여섯 개의 녹슨 창살. 내 앞에는 오직 붉게 녹슨 창살과 그 뒤에 끝 모르게 펼쳐져 있는 파란 바다가 있을 뿐이었다. 창살 밖 어디에도 내가 서 있을 곳은 없는 듯했다. 등 뒤에는 "미인도"의 눈동자가 나를 감시하고 있다.

선희는 푸른 눈을 가지고 있었다. 20년 전 사라진 선희로부터 갑자기 연락이 왔다.

"내 책 〈혼자남은 방〉을 Jello에 갖고 와줘."

그녀의 유고 시집이었다.

"그때 나는 탈출을 시도하고 있었다. 끼기긱거리는 소리가 문틈에서 들려왔다. 방은 여전히 어둠침침했다. 모든 것이 기연가미연가 했다."

이렇게 시작하는 선희의 시집 〈혼자남은 방〉을 들고 압구정동 로데오거리에 있는 〈Jello〉로 향했다. 어쩌면 선희는 나와의 관계를 감옥처럼 느꼈을지도 모른다는 생각이 들었다. 지하 1층에 있는 〈Jello〉. 현관 입구에는 "미인도"가 걸려 있었다. 선희였다. 머리카락 하나하나에 눈동자가 그려져 있는 선희였다. 〈Jello〉에는 창문이 없었다. 〈Jello〉를 빠져나가기 위해서는 반드시 "미인도"가 걸려있는 현관문을 통과해야만 했다.

언제부터 내가 이 바닷가 절벽 중턱 동굴 안에 갇혀있는 것일까? 기억이 나질 않는다. 20년만에 선희를 만난 날, 〈Jello〉의 현관 앞 "미인도" 앞에서 쓰러진 후 나는 이곳에서 발견되었다. 푸른 바다만 보이는 절벽 중턱의 동굴 속에서 나는 깨어났다. 내가 갇혀있는 동굴에는 〈Jello〉의 그 "미인도"가 걸려 있었다.

바다를 볼 때마다, 녹슨 철창 사이로 파고드는 이 푸른빛으로 내 몸이 온전히 파랗게 변하면, 나도 하늘을 날 수 있을 것 같은 느낌이 들었다. 그 푸르름이 작은 감방을 가득 채우는 아침이면 나는, 외로움을 떨쳐버리기라도 하려는 듯 모든 힘을 다 소모할 때까지, 녹슨 철창을 잡고 절벽 밖 허공을 향에 고함을 질렀다.

"아아아~!"

나는 고함을 지르며 이 푸름은 분명히 어떤 병균의 일종일 것이라고 확신했다. 내가 이곳에서 이 푸르름 속에서 장기간, 그러니까 4월 16일까지 잠겨 있으면 도저히 외로움에서 빠져나올 수 없는 어떤 우줄증 비슷한 병에 걸릴 것이라는 두려움에 나는 몸을 떨었다.

선희는 나를 모르는 듯했다. 아니, 알면서도 모르는 척하는 것 같았다. 나에게서 〈혼자남은 방〉을 받아 가기만 하면 된다는 듯, 같이 나가자고 하는 나에게, 자기가 왜 나와 함께 나가야 하는지 모르겠다고 했다. 선희는 모델이었다. 임하룡 화백(그는 Jello에서는 그림 그리는 화가였다)으로부터 고액을 받고 모델활동을 하고 있었다. 선희가 나에게 전화를 한 것은, 내가 과거의 애인이었기 때문이 아니라, 내가 〈혼자남은 방〉을 갖고 있었기 때문이라고 말했다. 어떻게 알았는지 묻지 말라고 했다. 내가 알 일이 아니라고 했다. 선희는 내 앞에서 옷을 벗고 포즈를 취했다. 선희는……, 선희는……, 내가 아는 선희가 아니었다.

내가 처음 이곳에서 눈을 뜬 날 아침도 이랬다. 녹슨 철창과 그 녹슨 철창의 몇 개 안 남은 페인트칠 껍데기, 파란 하늘. 푸르스름한 무언가로 가득찬 공기. 그리고 〈Jello〉에 걸려 있던 "미인도". 어쩌면 미인도의 눈동자 하나하나에 몰래카메라가 숨겨져 있는지도 몰랐다. 나는 모든 사람들로부터 감시당하고 있는 것이었다. 이 작은 감방을 구성하고 있는 모든 요소들이 나를 감시하고 있었다. 그리고 참을 수 없는 푸르름이 이 모든 것을 얽어매고 있었다. 아침이면 푸른 바다는 기지개를 켜면서 내 온 몸을 아래로 아래로 끌어당겼다. 바람은 어디로 갔는지 사라지고 없었다. 아침 4시 16분이면 온 우주의 모든 푸른 기운이 내 방 안으로 밀려들곤 했다. 그 푸른 기운은 너무도 두꺼워 바람조차 멈추게 하고, 시간의 흐름을 느끼는 감각조차도 마비시키는 것이었다.

푸름은 시간을 뛰어넘을 수 있다고 누가 말했던가.
그것은 푸르름 때문이었다. 선희와 함께 간 제부도에는 푸른 바다의 힘이 어찌나 강한지 섬 절반이 밀물에 잠기는 것 이었다. 그리고 갯벌에서 조개를 줍던 선희도 물속으로 끌려 들어갔다. 푸른 바닷물이 선희를 삼킨 것인지, 중력이 선희를 물속으로 끌고 들어간 것인지 알 수 없었다. 나는 선희가 물속으로 스며드는 것을 보지 못했다. 그냥 푸른 바닷물과 함께 선희는 사라졌다. 선희가 조개를 줍던 그곳에는 녹슨 닻이 목까지 잠긴 채 수평선위로 고개만 겨우 치켜들고 있었다. 닻은 물에 잠기었다 떠오르기를 반복하고 있었다.

동굴 속의 녹슨 철창만 빠져나간다면 바다로 내려갈 수 있을 것이었고, 그렇게 바다에 내 몸을 맡기면 시간을 뛰어 넘을 수 있을 것이라 생각되었다. 그러나 "미인도"의 셀 수 없는 눈동자가 여전히 나의 탈출을 가로막고 있었다. 나를 외로움 속으로 무한정 끌어당기는 저 푸른 눈동자를 어찌 거부할 수 있단 말인가.

선희의 권유에 술이 시작되었는지도 모르겠다. 어쩌면 Jello의 주인 임하룡의 권유였는지도 모른다. 선희는 가운만을 걸친 채 노동자처럼 조니워커를 마셨다. 나는 어느새 술에 취해 있었고, 밀물처럼 목구멍 끝까지 차오른 조니워커의 힘과 푸

른 눈동자의 힘에 굴복중이었다. 몸은 천근 만근이 되었고, 머리는 푸른 바다를 향해 내리꽂히는 중이었다. 이제 집으로 가야겠다고 Jello의 문을 밀고 나서는 순간, 미인도의 수많은 눈동자들이 그림 속에서 튕겨져 나와 내게 돌진했다. 내 눈은 점점 가늘어졌고, 미인도의 눈은 점점 더 커져만 갔다.

미인도 옆의 녹슨 철창 사이로 억지로 얼굴을 들이밀었다. 눈앞이 희붐하다. 깊고 푸른 안개가 점점 아래로 잠겨든다. 검푸른 안개. 안개 속에서 늙은 사내가 문 앞에 서서 말한다. 당신은 언제든지 나갈 수 있었소, 이제 퇴근 시간이오. 나는 문을 잠그고 퇴근을 해야만 하오. 언젠가 들어본 말이었다. 미인도의 눈동자들이 서서히 가늘게 감겼다.

사진 설명 | 창작강의실 앞에서 _ 204p | 이게 난가? 철없이 밝은 나도 가끔 이런 눈을 보일 때가 있다 _ 205p | 문학의집 서울초청 〈오늘의작가〉 초대전 테이프커팅 장면, 필자와 임하룡 화백 등이 초청되었다 _ 210p | 스마트소설에 등장하는 임하룡 작 〈미인도〉 _ 211p

문학나무 스마트소설 발표작가

최성배

1986년 『동촌문학』「도시의 불빛」 발표. 장편소설 『침묵의 노래』『바다 건너서』『내가 너다』『별보다 무거운 바람』『그 이웃들』, 소설집 『물살』『발기에 관한 마지막 질문』『무인시대에 생긴 일』『개밥』『은밀한 대화』『흔들리는 불빛들』『나비의 뼈』『찢어진 밤』, 산문집 『그 시간을 묻는 말』『흩어진 생각들』. 창작문학상, 한국문학백년상, 한국소설문학상 수상. 한국문인협회, 한국소설가협회 이사. e-mail:choi4star.hanmail.net

나는 어느 한 시기에 사라지는 존재가 아니겠습니까. 낡고 병들어 가는 생멸生滅이 사람의 끈으로 이어져왔을 거라고요! 시계가 고장이 나도 시간은 흘러갑니다 — 독자에게

사진 설명 | 고향 후배들에게 소설 이야기하다 _ 213p | 변산반도에서 _ 215p

홀+짝

최성배

개구리 떼울음이 살포시 귀청을 열고 들어온다. 어둠 속에서 살아있다고 내지르는 소리를 들으니, 여기는 어디인가? 과거도 미래도 아닌, 어떤 상태라면 살아있음이야. 술기운이 실핏줄까지 채워져 옷을 입은 채로 혼곤했나보다. 창문 바깥은 캄캄한 한밤중이다. 만취의 기운이 머릿골을 잡아당겨 암만해도 몸 따로 마음 따로다.

칙칙한 숲과 저수지 언저리에 서있는 펜션마을이겠군. 지프차를 운전하고 온 내 친구와 그의 여자 친구 말고, 허벅지에 달라붙은 청바지를 입었던 또 다른 여자. 마스크를 벗고 그들과 밤새 퍼마셨던 기억이 소름처럼 오소소 돋는다.

거실바닥에 뻗었던 몸을 움직여 수갑처럼 채워진 손목시계를 본다. 야광의 바늘이 30도를 가리킨 1 시. 자子시가 축畜시로 엉금엉금 기어가는 시간이렷다. 경계가 혼돈된 시공간을 귀신들이 휘젓고 돌아다니겠구먼. 그런데 전립선까지 가득 차있는 오줌통을 도저히 못 참겠다. 구겨진 몸으로 더듬더듬 걸어간다. 뚜껑 열려진 양변기에 거시기를 조준하여 쫄쫄쫄~ 으아 시원하다.

— 모든 수컷의 욕망은 씨앗의 번식에 있고, 암컷은 우수한 종자 생산을 염두에 두는 거 아닌가요.

딱히 성 담론이라고 하긴 좀 그랬던가. 나도 킨제이보고서에

서 보았을 뿐이다. 널브러진 술병들과 벌겋던 숯불이 사그라질 무렵, 모두 알딸딸했겠다. 바로 그녀가 안경너머로 분노를 삭인 눈빛을 꾹 누르며 암팡지게 맞받아쳤었지.

— 남자들의 무질서한 번식의 욕망 뒤에는 여자를 약탈하여 또 다른 여자에게 재산까지 주는 일도 포함되겠죠.

— 펄벅의 대지에 나오는 왕룽처럼 말인가요?

— 아뇨! 수컷을 다섯 마리씩이나 데리고 다니는 갈라파고스의 암컷 매도 있으니까요.

— 하긴, 세상에 뭐든지 공짜는 없지요.

그녀도 고개를 끄덕였다. 친구의 여자 친구조차 생뚱맞다는 표정이었다. 내 혓바닥에 칼이라도 달렸었나. 굳이 공감과 동의를 내색하지 않아도 제각각 겪어온 만큼 생각이 있을 터.

— 또 있죠. 남자가 이 여자 저 여자에게 옮겨가는 시간이랑, 한 여자가 남자를 배우자로 만드는 시간이 다르다는 거죠. 그러기에 아무리 남자를 자주 바꾸는 여자라도 정작 배우자를 선택하는 데는 신중할 수밖에요.

그녀는 마치 자기 자신이 그런 형편의 이유라도 있었던 것 마냥 목소리를 높였다. 여태껏 남편에 관한 언급을 단 한 차례도 안했던 여자가! 어쩌면 그녀는, 남편이라든가 가까운 남자에 대한 불신으로 모든 남자를 싸잡아 증오의 장작불을 내던진

것은 아닐까. 미묘한 침묵이 감돌았다. 그녀는 의자에서 빨딱 일어나더니, 철망 위에서 식은 바비큐고기 몇 점을 가져왔다. 그러자, 내 친구가 그녀의 유리잔에 붉은 포도주를 철철 채워 주며 화제를 바꿔버렸다.

— 캐나다에는 언제 가신다구요?

와인 잔에서 입을 뗀 그녀가 뜸을 들이더니 대꾸했다.

— 이번 달 말쯤에요. 가서 올까말까 생각중이에요.

뱉어버린 말과 뒤엉킨 모습들이 바룻바룻 떠오른다. 맞아, 그랬었군.

친구는 큰방으로 들어간 모양이다. 옆방의 열려진 문틈을 흘깃 눈깔질하니 청 바짓가랑이가 보인다. 친구의 친구인 안경썼던 그녀가 분명하다. 그녀도 혼자다. 나는 입안에 고인 침을 꼴깍 삼킨다. 솟구치는 욕망을 애써 누그러뜨리며 나는 소파로 몸을 던진다. 눈을 감아도 몸을 떠난 잠이 얼른 안 온다.

개굴개굴~ 아, 또 저 놈의 소리! 마스크도 안 쓰고 지랄이야. 저것은 울음소리가 아니다. 짝을 부르는 소리일 게다. 모든 소리와 환청까지도 편협한 틀에 묶여있었다니! 몸의 정체성을 뛰어넘을 ♂우가 있을까? 아이고, 참으로 미욱한 놈. 사물의 본능에 어줍은 나를 이입시키고자 한 부끄러움이 스멀거린다.

창문 밖에서 후득 후드득, 감나무 이파리에 떨어지는 빗소리. 푸른 잎들은 물방울이 번지매 아늑한 절정을 느끼고 있을까. 사물을 고작 사람의 기준으로 바라보는 이것이야말로 미욱할지니, 머릿골이 아찔하다.

생각건대, 세상은 하나하나가 망가져 전체가 변형되는 거야. 나 역시 그 하나이므로 크게 슬퍼할 일도 작게 기뻐할 일도 아니다.

문학나무 스마트소설 발표작가

허택

2008년 『문학사상』 신인상 단편소설 「리브 앤 다이」로 등단. 작품집 『리브 앤 다이』 『몸의 소리들』 『대사증후군』 출간. 현재 부산소설가협회 이사, 부산 평화치과 원장. e-mail:ht7220@hanmail.net

스 - 스마트소설을 즐겨 읽는 동안에
트 - 트라우마로 피곤하고 우울한 마음에
소 - 소소한 행복에 젖어들며 치유되는 마음을 느낀다오

브라마리 쁘라나야마(벌 호흡) _ 허택

어제의 몸과 마음은 혼탁하다. 지친다. 어제의 스트레스는 들숨날숨을 나약하게 만든다. 어젯밤 불면증은 램프증후군을 머릿속에 만든다. 오늘은 깨끗하고 싶다. 머릿속이 맑고 싶다. 눈이나 귀, 코, 입 등 오감이 예민하면 좋겠다. 마음이 평온해지고 싶다. 몸 속 내장들이 활기차게 움직였으면 한다. 몸이 아프지 않게 곧게 걷고 싶다. 피가 온몸에 골고루 돌아다니면 좋겠다. 살고 싶다는 간절한 바람은 신의 은총이 내려지며 이뤄졌다. 신은 벌 호흡을 선물했다. 들숨을 뱃속까지 끌어들여서 날숨 때 소리를 만든다. 옴, 함, 얌, 람, 왐, 으람. 한 음 한 음 정확히 크게 지른다.

옴 소리가 머릿속에서 떠다닌다. 들숨이 깊숙이 뱃속까지 들어온 후 옴 소리가 시작된다. 옴 소리가 뱃속에서 점점 치켜올라간다. 머릿속에 다다른다. 옴 소리는 높음도 소리와 같다. 오늘이 머릿속에서 새로이 시작된다. 어제는 머릿속에서 사라진다. 뿌옇던 머릿속이 조금씩 사라지면서 밝게 변한다. 긴 한숨도 없어진다. 왜 누군가를 미워했을까? 어제에 묶여있던 지친 감정들이 옴 소리에 녹아내린다. 몇 번씩 옴 소리가 머릿속에서 메아리치면서 오늘이 해맑게 만들어진다. 옴 소리는 정수리까지 치솟는다. 누구와도 오늘을 정답게 얘기할 수 있을 것 같다.

함 소리가 거칠고 막힌 목을 뚫어준다. 거짓말로 채워진 목구멍을 깨끗하게 씻어준다. 라시도 높은 음을 내면서 함 소리는 오늘의 정직한 말들을 만들어낸다. 누구나 즐겁게 듣는 노래를 불러준다. 아침 새가 지저귀는 듯한 목소리로 사랑을 말한다. 몇 분 동안 함 소리로 목을 깨끗하게 할까? 누구에게나 사랑한다고 말해도 목이 쉬지 않을 때까지. 함께 평화의 노래를 영원히 부를 때까지.

가슴에 얌 소리가 가득 찬다. 허전했던 가슴에 사랑이 넘치도록 얌 소리를 채운다. 두근두근 가슴에서 따뜻한 소리가 들린다. 누구나 들어도 사랑을 느끼는 가슴소리다. 왜 오랫동안 두근거림을 느끼지 못했는지? 세상사에 많이 지쳤다. 숨을 제대로 쉴 수 없었다. 움츠린 어깨는 언제나 힘이 없었다. 누군가에 의해 가슴에 멍이 들었다. 멍이 든 가슴은 콕콕 쑤셨다. 밤마다 멍든 가슴을 부여잡고 원망도 하고, 미워도 하고, 시기도 했다. 불면의 밤만 머릿속과 가슴에 만들어졌다. 뱃속에서 얌 소리는 솔음 높이로 울려 퍼졌다. 멍든 가슴을 지우면서 가슴을 채운다. 오늘은 누구나 마음 편하게 볼 수 있다.

뱃속에서 람 소리가 맴돈다. 더러워진 내장을 돌아다니며 구석구석 청소한다. 솔파 중간음을 내면서 람 소리를 만든다. 람 소리 따라 내장들이 들썩이며 트림과 방귀를 몸 밖으로 뱉어낸다. 시원해진 뱃속에서 들숨날숨이 편하게 들락거린다. 뱃속이 시원하다. 잠이 잘 온다. 들숨날숨이 잘 쉬어진다. 언제나 맛난 음식들이 가득 채워진다. 람 소리 따라 소화가 편하게 된다.

왐 소리가 꼬리뼈를 단단히 붙든다. 몸이 휘청거리면 안 된다고. 누구든 언제나 척추를 펴고 곧게 걸어야 한다. 흔들리고 넘어지면 누구나 통증의 늪에 빠진다. 외관이 반듯해야 인간답게 보인다. 꼬리뼈가 무너지면 척추가 무너지고 몸이 주글주글해진다. 몸이 아프면 세상이 귀찮아진다. 레 음을 내면서 왐 소리는 꼬리뼈를 지킨다. 몸이 무너지면 안 된다고. 왐왐 소리 낸다.

으람 소리는 생명의 소리다. 자궁에서 제일 먼저 만들어진 소리다. 으람 소리로 회음에 생명의 힘이 모여진다. 레도 낮은 음으로 으람 소리는 또 다른 생명을 잉태시킬 준비를 한다. 생명의 신비는 으람 소리 속에서 느껴진다. 으람 소리에 천지만물이 함께 으람을 외친다. 음양의 몸은 생명의 근원이며 창조다. 으람 할 때마다 내일의 생명이 신비롭게 만들어진다.

옴, 함, 얌, 람, 왐, 으람 여섯 소리가 몸속에서 조화롭게 어울린다. 누구나 아름답게 생명을 만끽한다. 시간도 잊은 채 오늘이 평화롭고 행복하게 만들어진다.

사진 설명 | 부산 문우들 _ 218p | 윤후명 선생님과 문학비단길 문우들 _ 223p 상 | 문학강의를 하다 _ 223p 하

1집 창간

스마트소설

스마트소설박인성문학상 기념사업회 _ 이진민 회장
편집위원 _ 김상혁 박인 정무늬
편집주간 _ 황충상010-3284-4577
편집부주간 _ 주수자
편집장 _ 김주욱
편집기자 _ 정진희 조유영
아트디렉터 _ 정의수

1쇄 발행일 | 2020년 08월 25일

지은이 _ 주수자 외
펴낸이 _ 윤영수
펴낸곳 _ 문학나무
기획 마케팅 | 03085 서울 종로구 동숭4나길 28-1 예일하우스 301호
문학나무 이메일 | mhnmoo@hanmail.net
스마트소설 이메일 | smart-story@naver.com

출판등록 | 제312-2011-000064호 1991. 1. 5.
영업 마케팅부 | 전화 | 02-302-1250, 팩스 | 02-302-1251

ISBN 979-11-5629-103-9 03810

값 15,000원